徳間文庫

大江戸落語百景

瘦せ神さま

風野真知雄

徳間書店

目次

第一席　痩せ神さま

一

真夏の昼下がり――。

いつもながら大勢の人々が行きかう永代《えいたい》橋の上で、幼なじみのお竹《たけ》とお松《まつ》がばったり出会った。

「あら、お竹、ひさしぶり」

「半年ぶり？」

「行こう、行こうと思ってるうちに月日が経《た》っちゃうのね」

「ほんとね」

「ちょっと、そこのたもとの甘味屋にでも入りましょ」

「いいわね」

子どものころからの親友である。ここからも近い深川佐賀町の裏長屋で育ち、どちらも目立つほどの器量よしだったため、佐賀町の二人小町などと言われた。

ただ、二人とも気が強く、口が悪いこともあり、竹と松の名前から「ちくしょう（竹松）娘」などと呼ぶ者もいた。

そんな二人は器量よしも幸いして裕福な商家に嫁ぎ、子どもも三人ずつでき、いまや三十路《みそじ》も半ば。近所で育った女たちと比べたら、かなり恵まれた人生を送っていると言っていいだろう。

風が通る窓辺の縁台《えんだい》に腰を下ろし、

「あたし、あんみつ」

「あたしも」

「大盛りにして」

「いいわね」

注文を終えると、二人とも汗っかきらしく、しきりと手ぬぐいで汗をぬぐった。

「ねえ、お竹、言っちゃ悪いけど、また肥《ふと》った？」

胸元に扇子《せんす》で風を送りながら、お松は訊《き》いた。相手の性格から趣味からぜんぶわかっていて、遠慮も見栄《みえ》もいらない間柄である。

「肥ったわよ」

お竹も忙《せわ》しく扇子を動かしながら顔をしかめた。

もともと二人とも、けっして瘦《や》せてはいなかった。ぽっちゃりという感じだった。それが、子どもを産むたびに一回り、二回りというふうに肥ってきた。

「だよね。だって、向こうからやって来たとき、顔の造作もわからないうちから、あ、お竹かしらって思ったわよ。なんだか、つくしんぼのあいだから、筍《たけのこ》が生えてきたみたいだった」

「やあね。お松だってそうよ。人混みの中からあんたが出てきたとき、林のあいだから満月が昇ってきたのかと思ったもの」

「やっぱり、そう？　でも、夏に肥るってどういうのかしらね。汗いっぱいかくから、瘦せるんじゃないの」

その汗をだらだらかきながら、お松が言った。

「水、飲むでしょ?」

「そりゃあ喉《のど》、渇くもの。馬みたいに飲むわよ。馬っていっぱい水飲むのかどうかは知らないんだけど」

「水だけ飲めばいいのよ。そのときなんか食べるでしょ」

匙《さじ》であんみつをかきこみながら、お竹は訊いた。

「少しだけよ。せいぜい羊羹《ようかん》一本とか、猫の頭ほどの饅頭《まんじゅう》一個くらいよ」

「そうよね、あたしもそんなもの。でも、それが水を吸って、身体《からだ》の中でふくれるのよ。羊羹って水を吸わせると、一本でもこぶりの墓石くらいにまでふくらむってよ」

「墓石ってのは嫌な喩《たと》えね」

「墓石に虎屋とか書いてあるみたいなもの」

「栗きんとん入りとか?」

「饅頭だって猫の頭が虎の頭くらいに」

「それ、怖ぁい」

「身体の外に出てからふくれてくれればいいんだけど、中でふくれるのよ。ぱんぱんに」

「ああ、嫌だ」

そう言うわりには二人とも、すでにあんみつを食べ終えようとしている。

「また、亭主って夏になると痩せない？」

「痩せる。なんだかあたしに当てつけてるみたいに痩せる。げっそりして、食欲がないとか言ってる」

「そう。それで、昔はふっくらしたお前が好きだとか言ってたくせに、最近じゃ、女はやっぱり柳腰だなんてぬかしてるの」

「いっしょ、うちも。そういうものなのね、男って」

「なんか腹が立つとお腹空《なかす》くわね」

「うん」

「あんみつ、もう一杯。大盛りで」

「あたしも。蜜いっぱいにして」

運ばれてきたあんみつをさっそく口に運びながら、

「でも、痩せたいよね。柳腰まではいかなくても、やっぱりすっきりしてないと、何着ても似合わないもの」

と、お竹は言った。

「ほんと。着物つくるのにも一反《いったん》じゃ足りないし。あたし、この春、着物つくったら、二反要《い》ったのよ。大きな鯉のぼりがつくれるって言われた」

「あたしたち、もうすこし肥ると、空に浮くかもね。あっはっは……笑ってる場合じゃないか」

「でも、いい方法はあるのよね」

と、お松は急に声をひそめた。

「なに？」

「ほら、お梅《うめ》っていう子、いたでしょ」

「ああ、でぶでぶの？」

「そう。あたしらより肥ってた子。あの子、いま、すっきりしちゃってるわよ」

「ほんとに？」

「別人みたいよ。元が元だから、痩せてもそうきれいではないけど」

「どうやって痩せたの？　やっぱり食べることを我慢したんでしょ？」

お竹の顔が本気になっている。

二人とも、いままでもさまざまな瘦せる方法を試してきた。食べるのを我慢する以外は。

当然、どれも成功しなかった。

「そうじゃないの」

お松はゆっくり周囲を見た。どこか秘密っぽいしぐさである。

「なによ？」

お竹もつい顔を寄せた。

「あまり知られたくないのよ。お梅も秘密にしてたんだけど、たまたまほかの筋から聞いたの」

「やあだ、変な薬とか？」

「違うわよ。じつはね……神さまに祈ったの」

と、お松はささやくように言った。

「神さま？」

「霊験《れいげん》あらたかな神さまよ。瘦せ神さま」

「瘦せ神さま？　そんな神さま、いるの？」

「聞いたことないでしょ？」

「初めて聞いたわよ」

「白雪《しらゆき》神社ってあるでしょ？」

「うん。洲崎《すさき》の手前にあるわね」

そう大きな神社ではないが、近ごろ本殿を建て直して、見違えるようにきれいになっていた。

「あそこの神主《かんぬし》が見つけたの」

「見つけた？」

「そう」

「神さまって見つけるものなの？」

「境内《けいだい》の隅にぽつんと祠《ほこら》があったの。まるで目立たない祠。ずいぶん昔からあったみたいね。ただ、そんな力があるなんて誰も思わなかったのよ」

「へえ」

「おとなしい神さまだから、出しゃばることもしなかったらしいわよ。ところが、神主が祠の来歴や、中の御神体などをいろいろ調べて、あらためてちゃんと拝んでもらうようにしたら、これがすごい効き目だったってわけ」

「でも、白雪神社の神主って、あの、背が高くて、馬みたいな顔した人でしょ？　あの神主、信用できるの？　全満寺《ぜんまんじ》の南念和尚《なんねんおしょう》と、あの神主はなに考えてるかわからないって話をよく聞くわよ」

「それは言えるわね。でも、神主がうさん臭くても、神さまがしっかりしてればいいんじゃないの？」

「まあね」

「相撲《すもう》取りで言えば、神主なんてまわしの前の下がりみたいなものよ」

「それで、神社に毎日通うとか？」

「毎日通うのは無理でしょ。だから、お札をもらって、それを毎日、一所懸命拝むの」

「それだけ？」

「それだけなんだって」

「拝むだけで痩せられるの？」

「拝むだけで痩せられるってよ」

「あたしの知ってる人が、紐《ひも》を巻くだけでも痩せられるって、不思議なことを言ってたけど、それよりも楽よね」

「ぜんぜん楽よ」

「でも、高いんでしょ。ほら、お布施《ふせ》じゃなくて、なんてったっけ？」

「玉串《たまぐし》でしょ。一両だって」

「一両！　そりゃ高いわね」

「でも、一両のほかは、びた一文受け取らないってよ」

「あら、そうなの。一両払えば、あとはお札を拝むだけで痩せられるのかぁ」

二人とも一両くらいのこづかいは無理しなくても捻《ひね》り出せるのだ。

「ねえ、いっしょに行ってみない。あたしも行きたかったけど、一人じゃ嫌だなって思ってたのよ。でも、お竹がいっしょなら」

「なんだか怖い気がする」

「でも、どんなことにも怖い部分はあるよ。だからといって、怖がってばかりじゃ、なにもうまくはいかないわ」

「そうね。あのお梅もうまくいったっていうなら行ってみようか」

こうして、お竹とお松の幼なじみの二人は、その足で深川の外《はず》れにある白雪神社を訪ねた。

「そりゃあ、もう、嘘のように効きまっせ」

京から来たという神主、安倍長明《あべのちょうめい》は、やけに愛想のいい笑みを浮かべて言った。

「そういう噂《うわさ》を聞いたの」

と、お松はうなずいた。

「でも、玉串っていうの、一両も取るんでしょ？」

お竹はそこが不満である。

「はい。逆に言うと、一両を出せるくらいじゃないと、効き目は出ないんです」

「どういうこと？」

「いや、まあ、そういう神さまなんだっしゃろな。なお、うちは玉串とは言いよりません。神さまへの贈りものと称しています」

「あら、そう。神さまも喜んでくれそうね」

「神さまだって、やる気が違いまっせ」

安倍長明は揉《も》み手をしながら言った。

「どうする？　やってみようか？」

お松がお竹に訊いた。

「そうだね。試しにやってみようか」

お竹が自分の二の腕をさわりながらうなずいた。近ごろは二の腕を軽く叩くと、たぷたぷと水の音がするのだ。やはりなんとかしないとまずい。

「はいはい、太鼓判押しまっせ。自信を持って保証しまっせ。ただ、拝み方にいくらか気をつけなければならないことがあるので、それは申し上げておきます。お札は蔵や金庫の近く、それとお店をやっている家なら、お店のほうには貼らないでください。台所に貼り、毎日、拝んであげてください。それだけ。見る見るうちに効果が現われます。いやあ、楽しみでんなあ」

神さまへの贈りものに一両ずつ出して、お札をもらった。

お札は細長く、薄い木でできている。梵語《ぼんご》らしく、書いてある字は読めない。

二人はそれぞれお札を持ち帰ると、さっそく台所の隅に貼りつけ、

「痩せ神さま。どうか、あたしを痩せさせてくださいませ」

ぱんぱん。

と、きれいな音を立てて柏手を打った。

二

「ふっふっふ……」

それは、嬉《うれ》しそうに笑った。

「おれを拝むのかい。正体を知ったら驚くだろうね。なんせ、おれはふつう言われているところの貧乏神なんだから。

そりゃあ痩せるって。貧乏神がとりついたら。

それを〈痩せ神さま〉だって言いやがる。あの京から来た神主は商売がうまいよなあ。嘘を言ってるわけじゃないんだ。ほんとに貧乏になって、皆、げっそり痩せるんだから。

絶妙の名にするからなあ。これが、〈げっそりさま〉じゃ駄目だよな。〈腹減りさま〉だって駄目だ。やっぱり痩せ神さまだよ。なんか、美貌と健康の神さまみたいじゃないの。このおれが……ぷっ」

と、貧乏神は吹いた。

「この神社だって、あの神主が来る前は白雲《しらくも》神社だったんだから。拝むと頭にシラクモができそうとか言われて、女なんか拝みに来ためしがなかったんだ。

それを白雪神社だと。響きがいいんだろうね、白雪。お姫様の名前みたいだよ。女の参拝者も激増したもんなあ。ここで拝むと、男遊びが過ぎた身体も生娘《きむすめ》のようにもどるって。ほんとかよ！

玉串だって、神さまへの贈りものときたもんな。神さまとほんとにつながりができた気になるらしいね。鳥居だって、呼び方を変えるんだと。聖なる門ときたよ。おれもくぐるとき、つい襟《えり》を正したくなっちまうよ。

神主のやつ、自分の名前も変えやがったからな。あいつ、本名は黒原泥蔵《くろはらどろぞう》ってんだ。それを安倍長明ときた。お前は陰陽師《おんみょうじ》かっつうの。

でも、あいつ、着物まで用意してくれたからな。そういうこまかい配慮はできるんだよな。大島紬《つむぎ》の仕立て下ろしだよ……着たって誰にも見えねえっつうの。ま、それだって、気持ちだよな。なんつったって大島紬だもの。貧乏神が大島紬着たら、まずいんじゃねえのか。あれ、おれ、声、はずんでる？　嬉しいんだよ。やっぱり、お洒落《しゃれ》したかったんだよ。貧乏神だっていい着物着たかったんだよ。恵比寿《えびす》とか大黒《だいこく》が羨《うらや》ましかったからなあ。あいつら、いい着物着てるし、お供え物も多いし。大黒なんか『お前もたまには頑張れ』だと。大黒、てめえ、馬鹿野郎。打ち出の小槌《こづち》持ってるからって、いい気になってんじゃねえよ。恵比寿、てめえ、隠れて弁天とつき合ってんじゃねえよ！

そういえば、おれ、お供え物なんかもらったことあったっけ？　あ、ある。去年の春くらいによく来ていた永代寺《えいたいじ》門前のおみやげ屋の婆《ばば》ア。おれが貧乏神と見破ったのかね。ぶよぶよに湿《し》っけた煎餅《せんべい》だの、腐った豆腐だのを置いてったよ。でも、効果あったよ。あれやられてから、おれはあの婆アの店の前、通りたくないもの。だから、婆アのおみやげ屋、大繁盛だっていうじゃないか。

だが、こんなに喜んでもらえるとは思わなかったよな。ずっと嫌われてばかりの人生、いや神の生涯だったけど、喜ばれるのって悪くないよな。やっぱり嬉しいよ。貧乏神だって人に好かれたいもの。神々の人気投票やると、毎年、ビリだもんなあ。不動のビリ。

それが、いまではおれを祈るのに一人、一両だって！

神主のやつ、一両出せるくらいじゃないと効き目がないと言ってやがった。そりゃそうだわな。貧乏人は端《はな》からあんなに肥らねえって。しかも、貧乏人に貧乏神がついたって、もうたいして変わりねえもの。

嬉しいことに、いまのおれを拝んでくれるのはだいたい若い女から、まあどうにか大年増《おおどしま》あたりまで。それが、うるんだような目でおれをまっすぐ見つめ、祈りを捧げてくれるんだもの。もちろんぎゅっと抱きしめてやってるさ。

そうだよ、痩せたほうがいいよ。ちっとくらい貧乏になっても、そのほうが身体にとってもいいんだから。感謝したくなるよ、おれに。

おれも、あの神主に感謝していいのかもしれねえな……」

三

それから一年が経って――。

「おい、お松、いるか」

「ふぁい」

と、声に力がない。お松は、げっそり痩せた。

去年のいまごろは二十貫（七十五キロ）を越えていた。いまは半分を切った。

身体が軽いというより、力が入らない。

「去年の帳簿を持ってきてくれないか」

「はい、ただいま」

ふらふらしながら亭主に帳簿を渡した。

「お前、大丈夫か。また痩せたぞ」

「そうですね」

「医者に診《み》てもらえ。そんなに痩せるのは変だろうが」

「大丈夫ですよ。具合が悪いところなんかありませんから」

「だったら、いいんだが……」

痩せ神さまの力が凄い。凄すぎる。もうすこし肥っていてもいいんだけど、まったく肥れない。去年までが嘘のよう。

「そんなことより、売上、落ちてるでしょ」

「ああ、まったく去年の秋の地震がな」

お松の家は、老舗《しにせ》の瀬戸物屋である。去年の秋、地震で棚が落ち、ずいぶん商品が割れてしまった。たいした地震ではなかったのに、棚が古くなっていたのだろう。加えて、その後、急いで仕入れた商品の中に粗悪品が混じっていて、水漏れがするという苦情が相次いだ。

「四割だな」

お松の亭主は帳簿を見ながらぼそりと言った。

「去年と比べて？」

「ああ」

「そうなると、仕入れる品物の質も落ちてきちゃうわね」

「まったくだ。手代《てだい》もあと二人、暇を取らせるか」

「残りは繁蔵《しげぞう》だけ？」

「そういうことだな」

「………」

先代からいる手代で、七十になる。いくらなんでも繁蔵をやめさせるのはかわいそうだろう。

「あたし、身のまわりのものを処分してくるわ」

お松はきっと表情を硬くして言った。

「処分？」

「そう。質に入れたり、古着屋に持って行ったりしてくる」

「すまねえな」

「いいえ。いままで贅沢《ぜいたく》しすぎていたんだよ。ただ、着物だけはもっとつくっておけばよかった」

「どうしてだい？」

「去年の着物を仕立て直したら、二枚分どころか、それに子どもの分までできたのよ。いったい、どれだけ肥っていたのかと思って」

お松はそう言うと、奥にもどり、タンスの引き出しを開けた。山ほど着物や帯を買い込んでいた。

半刻（約一時間）ほど、いらない着物をわけていたら、大きな風呂敷包みが三つもできてしまった。

そろそろ昼ごはんだが、まったく食欲はない。

ちらりと台所を見ると、瘦せ神さまのお札が目に入った。

瘦せ神さまにはもうそろそろ退散していただきたい。本当は拝むのをやめたいのだが、癖になっていて、つい柏手《かしわで》を打ってしまう。剝《は》がしたくても、柱にべったり貼ってしまったため、取れやしない。

白雪神社の神主に、蔵の近くに貼ってはいけないと言われたのを忘れてしまった。だが、うちの台所は蔵のすぐわきにあるのだからしょうがない。

このあいだ気になって、全満寺の南念和尚に瘦せ神さまの話をしたとき、「わしは仏さまの世界にいる者で、神さまの世界はよくわからぬ。だが、そんな都合のいい神さまがいるのかねえ」と言っていた。

何にしても、ちょうどというのは難しいのかもしれない。

そういえば、お竹はどうなったかしら。景気が悪くなって遊びに行く暇もなくなったけど、ちょうどいい按配《あんばい》に瘦せられたのかしら……。

四

「おーい、お竹」

亭主が呼んでいる。砂村新田から荷車を引いてきたのだ。

「なあに？」

「下ろすの、手伝ってくれ」

景気が悪くなって、手代も小僧もぜんぶ暇を取らせた。いまは、亭主とお竹の二人が店をやっている。

「待ってよ。どっこいしょっと。まったく、立つのだって大変なんだから」

お竹はまた肥った。

去年のいまごろは二十貫ほどだった。いまは、それから六、七貫は増えているはずだ。

ああ、もうやだ。こんなに肥って。なんだか牛が毎日、牛肉をたらふく食ったみたいに肥った。自分でも、なにもここまで肥らなくてもいいと思う。

浴衣《ゆかた》なんか合わせのところが足りなくなって、前が割れたりするものだから、一枚をふつうに後ろから袖を通したあとで、前からもう一枚、袖を通す。そうやってから帯を結べば、前が割れて、恥をかいたりしないで済む。違う意味の恥はかいているかもしれないが。

この糞《く》暑《そ》いときに、二枚も浴衣を着るのだから、情けないことこの上ない。最近は、町を歩くと皆から嫌な目で見られる。ぎょっとして、慌てて目を逸《そ》らす人もいる。お竹はすれ違うとき、そっと毒づいてやる。「ふん。そのうち、こういう着方が流行《はや》るかもしれないよ」と。

だが、おかしい。お松はあんなに痩せたのだ。

何日か前、気になって、ふうふう言いながら見に行った。すらっとなっていた。自分が恥ずかしくて、とても声をかけられなかった。

あれじゃ、会ったら何言われるかわからない。

いいなあ、お松は。色が白いからネギみたい。あたしの体型はどう見たって土手かぼちゃ。松と竹が、いまじゃネギとかぼちゃかぁ。

なぜ、効かないのだろう。

貼る場所がまずかったのか。たしか神主から、蔵やお店からは離して貼るようにって言われたのだ。そうしたつもりだった。ただ、蔵とは離れているけど、うちの台所はお店《たな》の真裏だった。それがよくないのだろうか。

やっと店の前に出た。

「早く来いよ。何、ぐずぐずしてるんだよ」

亭主が不機嫌そうに言った。景気が悪くなると、夫婦仲もいっきに悪くなった。裏長屋には貧乏でも仲のいい夫婦はたくさんいたのに……。

「しょうがないでしょうよ。なかなか立てないし、廊下が狭くてつっかえるんだから」

「廊下は狭くないだろうが、お前が幅を取りすぎてるだけだろ」

「ううん、狭いのよ」

声を荒らげたくなるのを我慢しながら、荷車から箱を下ろした。すぐ息が切れる。

「ずいぶん持ってきたのね」

「しょうがねえよ。向こうに置いていたって腐ってしまうだけだ」

「ここに置いても売れないよ」

「ああ、ちっと日本橋の料亭でも回ってくるか」

「料亭からの注文も減ったね」

「暑いからかなあ」

「去年と比べたら二割程度でしょう」

「お前に言われなくてもわかってるよ。そんなことより、景気が悪いってえのに、お前、また肥ったんじゃねえのか?」

亭主が嫌な顔でお竹を見た。

「言わないでよ、それ」

「あんまり肥るな。さっきも、そこの道で若い娘の二人連れが、『玉子って肥る食べものなんだね。ここのおかみさん見たら、そう思うよ』って言ってたぜ」

「しょうがないでしょ。あたしだって、肥りたくて肥ってるわけじゃないんだから!」

ついに声を荒らげた。

「はいはい、わかった。じゃあ、行ってくるぜ」

亭主は逃げるように行ってしまった。

お竹の家は玉子屋である。砂村新田にある養鶏場でニワトリをいっぱい飼って、玉子をどんどん産ませ、それをこの小網町《こあみちょう》の店で売る。亭主は三代目のあるじだが、創業以来、順調に儲《もう》かってきた。

それが、お上《かみ》のご改革で、「玉子は贅沢品だ」などと名指しされてから、さっぱり売れなくなった。加えて、玉子を食べると、変な風邪《かぜ》をひくなどという風評まで出回った。

ニワトリは売れ行きなど知ったことではないから、次々に玉子を産む。捨てるのは勿体《もったい》ないから自分のところで食うしかない。子どもは飽きて見向きもしないから、仕方なくお竹が食べる。朝、昼、晩と、最近は米の飯も我慢して、玉子ばかり食べている。同じ食べ方ではあきるので、玉子焼きにしたり、茹《ゆ》で玉子にしたり、目玉焼きにしたり。それでも玉子の料理法など高《たか》が知れている。たまには殻ごと焼いて食べてみようか。

このところは、一日二十個くらいは食べているだろう。

玉子なんて、一個だけ食べればおいしいが、ご飯のかわりに食べていると、だんだん気持ちが悪くなってくる。前は気にならなかった独特の生臭さも感じるようになった。あれは足こそないが、やはり獣の一種なのではないか。

加えて、餌代がかかって勿体ないから、ニワトリのほうもすこしずつつぶして食べるようにした。この肉もかなりの量がある。

もうそろそろお昼どきである。

食欲はないが、古くなりかけた玉子は食べないとしょうがない。昨晩のトリ肉の素揚げも残っている。

お竹はため息をついた。

「お松はあんなに効いたのに、どうして、あたしは……」

お札の前に行って、拝む。このところ、一日に三度も四度も熱心に拝んでいる。

「痩せ神さま。どうか、あたしにお力をお貸しください。こんなにぶくぶく肥ってしまって。これじゃ、陸に上がったクジラじゃないですか。お松に与えた力を、あたしにもお願いします」

ぱんぱん。

願いをこめて、柏手を打つ。

この願いを聞いていた痩せ神さまこと貧乏神が、気のよさそうな顔をしかめて、

「駄目だよ、店の裏なんかに貼ったら。あんた、おれを拝めば拝むほど、店の売りものを食う羽目になって、どんどん肥っていくよ」

第二席　質入れ

一

「あ、駄目だよ、辰《たつ》さん。狆《ちん》なんか持って来られたって質草にはできないよ」

質屋の孝蔵《こうぞう》は、入って来た顔なじみの辰平《たつへい》を見ると、あわてて言った。辰平は犬の狆を懐に入れている。

「どうしてだよ。こんなかわいい狆は滅多にいねえよ」

たしかにかわいい。じっとこちらを見るつぶらな瞳は、人間の赤ちゃんのようである。

孝蔵はつい見とれたが、

「いくらかわいくたって駄目」

あわてて首を横に振った。

「いいじゃねえか。けちけちするねえ。おれはすぐに仕事の材料を仕入れるんで二分《ぶ》ばかりいるんだ。それをやれば、十倍二十倍になるんだから、貸すほうも確実だろうが」

辰平は櫛《くし》をつくる職人である。材料というなら黄楊《つげ》の木あたりだろう。

「いくら確実でも、質草に生きものは駄目」

「家の中にはもう、二分借りられそうなものはねえもの。畳を六枚ほど持ってこようか？」

「畳は家主のものだよ」

「だから、こいつしかないってえの」

「生きものは駄目。下《しも》の世話はあるし、餌もやらなきゃならないんだよ。利子よりも餌代のほうがかかったりするんだから」

「このあいだは牛を預かってくれたじゃねえか」

「ああ、預かったね。あんときも無理やりだ。まったくわけがわからなかったよ」

「こっちだってわからねえよ。砂村の百姓が、牛を届けがてら櫛の代金を払いに来たら、途中で掏《す》られちまいやがった。もう一度、持って帰ってくるまでと言ったきり、もどっちゃこねえ。ま、あとで、爺《じぃ》さまが死んだとか理由はわかったけど、そのあいだおれは急に金が入り用になり、仕方なく預けたんだっけ」

「牛のときは乳が取れたし、餌の草も持って来てくれたから、特別に三日だけ預かったんだ。でも、狆は駄目。しかも、こんなかわいいのを預かった日には情が移ってしまうよ。別れのときにつらくなったりするんだ。さ、早く、持って帰っておくれ」

「そう言わずに、ほら、ちょっとだけ抱いてみなよ。いままで大奥で飼われていたやつをおいらが知り合いからもらったんだ。こいつがまた人懐っこくておとなしいんだから。夜なんか抱いて寝ると、あんかみてえに温《あ》ったけえし。ほら、ほら」

狆は噛《か》みつきもせず、孝蔵の口のまわりをぺろぺろと舐《な》めてくる。

「あ、無理に押しつけるんじゃないよ。ああ、ほんとにかわいいねえ。おや、いい鈴をつけてるじゃないか」

「大奥のお女中がつけてくれたんだろ」

「辰さん。これはいいものだよ。銀じゃないか」

「そうなのかい？」

「じゃあ、これを質草に預かるよ。それで狆を預かったことにして、二分、貸してあげるよ。そのかわり三日だけだよ」

孝蔵はそう言って、狆を辰平にもどした。犬の毛が小さな思い出みたいに、着物の胸のあたりについていた。

「お、ありがてえな。おいらだって狆はかわいいんだ。女房もかわいがっていて、息子を取られるみたいだって泣きやがるし――息子なんていもしねえのによ。預けなくて済むならそれに越したことはねえや」

「はい。じゃあ、二分だよ」

「へ、どうも」

「まったく辰さんときたら、弱ったもんだねえ。皆、お前さんのことは、腕のいい櫛職人だって褒めてるんだよ」

「そんなこたぁ、あんたに言われなくてもわかってるよ。おれほどの櫛職人は江戸中見回しても、五人といねえや」

「ただ、皆が馬鹿だってさ。辰さんは客の注文を勝手に変えちまうんだって」

「勝手じゃねえよ。この客の髪の質にはこうしたほうがいいと思ったところや、この模様は洒落《しゃれ》てねえってやつを直してやってるだけだよ」

「この前は、富士山を彫ってくれという注文を、勝手に筑波山《つくばさん》にしちまったって」

「だって、その女は富士額《ふじびたい》だったんだよ。富士額が富士山の櫛を差すってのは野暮じゃねえか。だから、筑波山にしてやったんだよ」

「それがよくないんだ。客がしたいということをどうしてお前さんが変えるんだい?」

「おれがそうしてえからだよ」

「まったく弱ったもんだ。そういうんだから、いつまでも質屋通いがやまないんだよ」

のべつ来ているということは、ありがたい客なのだが、孝蔵はどうしてもつい説教をしてしまう。

「たしかにおれん家《ち》はよくここに来てるよな」

「素直に一所懸命働いていれば、いまごろはゆうに一財産できてるに違いないよ。自分でしなくていいことをしちゃ、腹立てて酒飲んで、しばらく仕事が嫌になる。その繰り返しだろ。そろそろ子どもをつくらないと駄目なんじゃないかい？」

「駄目だったって、できねえものは仕方がねえ」

「ちゃんとつくろうとしてるのかい。酒飲んで、空《から》どっくりを何本立てたって、子どもはできないよ」

「大きなお世話だ。だいたい、あんたに文句を言われるのは心外だ。質草を流したことはないぜ、おれは」

「それは女房のおきよさんがかわいそうだから、あたしがちっと待っててやるからだよ。本当ならもう流れたってえのも、四度や五度はあったんだよ。八カ月経《た》ったら、質草は流れるんだからね」

　このおきよという女房がまた、けなげで働き者で、近所の独り者の洗濯を引き受け、一日中、洗濯しているものだから、手はひびやあかぎれだらけ。孝蔵は思わず目をそむけてしまうくらいなのだ。

「わかってるよ。昔は十二カ月だったが、いまは八カ月だっていうんだろ」

「そうだよ」

「もうなんべんも聞いたよ。この説教質屋」

「説教質屋?」

「そう。皆、言ってるよ、孝蔵の質に入れると、利子といっしょに説教もついてくるってさ」

「ひどいね」

孝蔵は顔をしかめた。偉そうに説教をしているつもりはない。生き方が下手で、どうにもうまくやれない連中を見ると、ついなにか言ってやりたくなってしまうのだ。あとちょっとどうにかしたら、暮らしだってずいぶん楽になるはずだよと。

「いや、なに、ひどくもねえ。ありがたいと思ってるやつもいるみてえだ」

辰平はなぐさめるような口調になって言った。こんなところはお人よしの性格がにじみ出る。

「おや、そうかい」

「こっちだって、好きで質になんか入れやしねえや」

「そうだよな」

「まったく、次は女房を質に入れるしかなくなっちまう。女房を質に入れるわけにはいかねえし、しばらく必死で働くか」

「ああ、頑張んなよ。もうじき正月だし、おきよさんだって辰さんを頼りにしてるんだから！」

「あいよ！」

辰平は北風の中に威勢よく出て行った。

二

「聞いたかい、お亀《かめ》さん。いまのやりとり？」

店の奥に声をかけた。

掃除をしていた女が、手を止めて、こちらを見た。

「はい、聞こえてました」

「あんな馬鹿でも、女房を質に入れるわけにはいかねえ。しばらく必死で働くかと、そう言ったんだよ」

「おっしゃってましたね」

「女房を質に入れてもなどと、よく冗談で言ったりするが、あたしゃ、ほんとに持って来るやつがいるとは思わなかったよ」

「…………」

お亀も恥ずかしそうではあるが、どこか居直っているのか、黙ってうつむいている。

「あたしだって入れたくはなかったよ」

「ええ」

「あんたが自分からお願いしますと頭を下げるんだもの」

「申し訳ありません」

「あきれた亭主だね」

「はい」

「入れるほうも入れるほうだが、入るほうも入るほうだよ」

「…………」

「別れる気はないの？」

「いまのところは」

「何してるって言ったんだっけ、あの亭主は？」

「いちおう戯作者《げさくしゃ》なんです」

「あ、戯作者か。ろくでもない連中が多いとはよく聞くけど、ほんとなんだね」

「あたしはろくでもないとは思わないんです。ちょっと変わってはいるかもしれないけど」

「筆名はあるのかい？」

「はい。いくつか変えたのですが、いまは堂城幸四郎《どうしろこうしろう》と」

言いにくそうに小声で言った。

「堂城幸四郎？　なんだい、そりゃ？」

「どうしろ、こうしろの洒落だそうです」

「それで面白いかい？」

「戯作者の筆名ですので」

「ふざけてるのかい？」

「ふざけているところもあるんだと思います」

「そうなの？」

自分の名前をふざけたものにして世に出し、いったいなにが嬉しいのかと孝蔵は思う。どうせ筆名をつけるなら、もっと見映えのいいどっしりしたものにしたらいいではないか。

「どんなもの、書いてるの？」

「犬の本を」

「犬の本？　犬が読む本かい？」

「犬は本、読みませんから。人が読む犬の本です」

「犬は四本足の生き物で、わんと鳴くとか、そういうことを書くのかい？」

「いいえ、そういうことは書きません。なんていうか、人がするようなことを犬にさせて、おかしみのある話にするんです。犬から見た人の馬鹿らしさが感じられたり、逆に人が哀れに見えてきたり……面白いんですよ。質屋さんもぜひ、読んでみてくださいよ」

「ああ、そう。あたしゃ、商売一筋で戯作とかつくりものは読まないんだよ。道学、心学、陽明学、そこらの本なら読むがね。犬の本だけ？」

「猫の本も」

「猫は四本足でにゃあと鳴くとか？」

「いいえ、それも書きません。ま、さっき話した犬のと似たり寄ったりですね」

「犬と猫の本。生きものが主人公の本ばっかりかい？」

「あとはたまにお化けの本も」

「お化け？　ああ、怪談話だね」

「いいえ。そっちの本は、このお化けは足が何本あって、こんな声で泣くとかを書いてます」

「なんだ、そっちはそんなふうなのかい」

「ええ」

「ううん……そりゃ、どれも売れないだろ？」

「いや、そんなことも……」

「売れるのかい？」

と、驚いて訊《き》いた。

「売れる、売れないというより、まず本になりませんから」

「ああ、なるほどな。本にならないものを、せっせと書いているわけだ？」

孝蔵は皮肉な笑みを浮かべて言った。

「せっせとって言うほどでもないんですが」

「じゃあ、ぼちぼち書いてるのかい？」

「唸《うな》ってることが多いですね」

「唸ってるのか。犬もよく唸ってるよな」

「そうですね」

孝蔵はさすがに怒るかなと思ったが、お亀は顔色も変えずうなずいた。

「いくつだい？」

「あたしは二十五です」

「亭主は？」

「三十になりました」

「三十でまだ、そんな按配《あんばい》かい？」

「この世界の人たちは一人前になるまでが長いんですよ。売れっ子絵師の歌川国芳《うたがわくによし》さんなんかも三十いくつまで鳴かず飛ばずでしたし、あの葛飾北斎《かつしかほくさい》さんですら売れたのは四十過ぎてからですから」

「ふうん」

孝蔵は不思議そうにお亀を見た。

女はちゃんとしたお店者《たなもの》とか、腕のいい大工とか、そういう男を好きになれば幸せなのに、なぜ、そんな将来のはっきりしないやつを好きになったのか。見たところ、器量も悪くないし、頭はかなりよさそうなのに……。

「あんた、幸せかい？」

孝蔵は思わず訊いた。

「幸せ？」

訊かれたお亀が不思議そうな顔をした。

「女は幸せになるため、嫁になるんじゃないのかい？」

「そんなこと、考えもしませんでした」

と、お亀は笑った。

三

孝蔵の質屋ののれんがそっと開けられた。

おどおどしたような顔が現われた。

「お亀はいますよね」

お亀の亭主だった。昨日聞いたはずのふざけたような名前は、もう忘れてしまった。

「もちろん、いますよ。お金はできたかい？」

「それがですね。どうもはっきりしないことになってましてて」

「なにが？」

「いえね、書き上げたものを版元に持っていったんですよ。そのまま買い取ってもらえる話にはなっていたんですが、なんせいま、不景気でしょ、しばらく考えさせてくれって。それで、書き上げたものを預けることになっちゃいました」

「なっちゃいましたって、それじゃ、お金は」

「ええ。ないんです」

すまなそうだが、どこか他人《ひと》ごとみたいに言って、お亀の亭主は笑った。

孝蔵は出版の世界のことなどなにもわからない。だが、たぶん、その戯作は出版されずにつっ返されるだけだろうと思った。

「三日だけということで、お亀さんは蔵に入ったんだけどね」

「わかってます」

「お亀さん、律儀に蔵で寝てるよ。そんなところに寝ないで、いま、女中部屋が空いてるからそっちで寝なって言ったんだけど、聞かないんだよ。質草の桐のタンスと火鉢のあいだで、小さくなって」

「けっこう律儀なんですよね、あの女。もうちっと融通無碍《ゆうずうむげ》にならないもんかなと思ったりするんですが」

お亀の亭主は照れたように笑った。

孝蔵は、その能天気な笑い顔を見ているうちに腹が立ってきた。

「お前さんは、犬だの猫の話を書くよりは、自分の話を書いたほうがいいんじゃないのかい？」

「自分の話？」

「そう。売れもしない戯作を書くので、女房を質に入れる話だよ。こんな面白い話はないだろう？」

「面白いですかね？」

「面白いさ。ここらの連中は皆、大笑いしてるよ。毎日、お亀さんを見に、何人も見物に来るくらいだ」

孝蔵が言ったわけではない。ここに来る前に、お亀が長屋の者に質屋に入ると挨拶してきたらしい。

「見せてんのかい?」

お亀の亭主は、さすがにムッとしたように訊いた。

「見せやしないよ。お亀さんがかわいそうじゃないか」

「ほっといてくれ」

「まったく、お亀さんもどうしてお前さんのような男といっしょになったんだろうね」

「どうしてだって?」

「うまいこと言って口説いたんだろ?」

「冗談言っちゃいけねえ。お亀がなりたいって言ったんだぜ。苦労するぞって言ったら、かまわないってな」

「それでほんとに苦労させるやつは大馬鹿野郎だよ。その心意気を汲《く》みとって、ありがたいと思ったら適当なところで諦めるか、あるいは飯を食う道を確保しながら戯作をつづけるかするんじゃないか」

「諦めきれねえんだよ」

お亀の亭主はつらそうに顔を歪《ゆが》めて言った。

「おれだって、それはしょっちゅう考えるさ。才能がねえなら諦めるかって」

「でも、あると思うんだ？」

「ああ、あるはずなんだ」

と、自信なさそうに言った。

「ほかに仕事をやりながらは？」

「おれはそんなに器用じゃねえ」

「そこまでしてやるような仕事かい、戯作なんて」

「仕事だよ」

「あんなものなくたって誰も困らないだろ。家だとか、鍋釜なんかはないと困るが、戯作なんざなくたって毎日ちゃんと生きていけるじゃないか」

「ないと困るんだよ。雨露しのいで、飯さえ食っていければ、それでいいのかい。人生、ちょっとした楽しみてえのがいるだろうが。見たこともないような光景を想像したり、違う人生を味わってみたり、そういうことも必要だろうが。家にいて、鍋釜洗ってて笑えるかい？　人間、たまには笑いてえだろうが」

「…………」

それはたしかにそうかもしれない。この男も、名前こそふざけているが、戯作もふざけて書いているわけではないのかもしれない。

「しかも、おれはそういうものをどうしてもつくりてえんだ。大工が立派な家を建ててえように、鋳物屋《いもの》が丈夫な鍋釜をつくりたいように、おれは面白い戯作をつくりてえんだ。つくらずにはいられねえのさ」

「ふうむ」

孝蔵は、お亀がちょっと変わっていると言ったこの亭主の顔をじいっと見た。

「あと三日、置いといてくれよ。半ばまでできてる戯作があるんだ。それを三日で書き上げて、別の版元に持っていくよ。そっちは前からぜひ書いてくれって言ってたところだから、きっと買い取ってくれる。それまで、なんとか頼む！」

お亀の亭主は頭を下げると、さっと踵《きびす》を返し、駆け去ってしまった。

四

孝蔵は台所のほうにいるはずのお亀を呼んだ。

「いま、亭主が来てたよ」

「はい。声でわかりました。お金できなかったみたいですね」

「あと三日だと。まったく、もう、しょうがないねえ」

「申し訳ありません」

「三日で別の戯作を書き上げ、別の版元に持っていくと言ってたけど、売れるかね？」

「どうでしょう？　版元さんに気に入ってもらえるといいんですが」

あまり期待もしていないみたいに言った。おそらくこんなことはしょっちゅうあったのだろう。

「戯作者なんてえ人間はもっとちゃらちゃらしているのかと思ってたけど、意外に頑固なんだな」

「そうなんですよ」

「だが、根性はありそうだよ」

「ええ。夢中になるとご飯も食べずに仕事をしていますよ」

お亀は子どもの寝顔を見るような顔をして言った。

「売れるといいね、お亀さん」

「ええ」

「『八犬伝』みたいに、どーんとね」

「はい。それでお金が入るとかいうんじゃなく、あの人が書いたものをたくさんの人に読んでもらえたらなあって思います」

「あたしはなんだか、見どころがあるような気もしてきたよ」

「そうなんですよ」

お亀は嬉しそうに何度もうなずいた。

「あんた、あいつのところに嫁に来るまで、何やってたんだい？」

「女ですが、職人みたいな仕事をしていたんですよ」

「ほう」

「羽子板の後ろに押絵がついてますでしょ。あれをつくっていたんです」

「立派な仕事じゃないか」

「ええ。その仕事をやれていたら、あたしもこんなことにはならずに済んだのですが、うちの人が親方のことを馬鹿にして」

「馬鹿にした？　まったくどうしようもないね」

「いいえ。当人はそんなつもりはないんです。ただ、親方を猫に見立てて、戯作に登場させたのですが、たまたまそれを読んだ親方がひどく怒りましてね。あたしのところから、材料いっさいをぜんぶ引き上げちまったんですよ」

「ありゃあ」

「あいだに立って、なだめてくれる人もいて、親方の怒りもそのうちおさまるからと言ってくれてるんですが、うちのがまた、ちゃんと詫《わ》びたりもしないもんですから。弱ったなあと思って」

「どうするの？　もうじき正月だよ」

「どうしましょうかね」

「餅だって買わなきゃならないだろ」

「ええ。でも、餅食べなくても死ぬわけじゃないですし」

「あんたものん気だね」

孝蔵はお亀を見て微笑《ほほえ》んだ。

こういうとき狐憑《きつねつ》きみたいになって泣き喚《わめ》く女はいっぱいいる。だが、この女はどんなに困った境遇になっても、どこかにゆとりみたいなものを持っている。それは天性のものなのか、それともこの女の賢さがもたらした諦観《ていかん》のようなものなのか。いずれにせよ、まだ二十代も半ばほどで、たいしたものだと孝蔵は思った。

夕方になって――。

「あのう?」

と、五十くらいの男が顔を出した。

顔がこづくりで、背が曲がっている。そのくせ敏捷《びんしょう》そうな身体つきをしている。

「なんでしょうか?」

「こちらにお亀さんが質草になっているって聞いたのですが」

「誰に聞いたんだい、そんなこと?」

まさか亭主が自分で言ってまわっているのだろうか。

「お亀さんの長屋で」

「ああ、そうかい。いるよ。ちゃんと蔵におさまってるよ」

「請け出したいのですが」

「請け出したいって、お亀さんは花魁《おいらん》じゃないんだ。そんなのは駄目だよ。あたしが引き渡すのは亭主だけだよ」

「お亀さんに仕事をしてもらっていた羽子板職人の長次《ちょうじ》てえ者なんですがね」

「ははあ」

「ちょっとだけでも会わせてくださいよ」

「ぷっ。なるほど猫によく似てるね」

「え、いま、なにか？」

「いや、なんでもない。じゃあ、会わせるだけだよ。いま、呼んでやるから。お亀さん」

家とくっついている蔵の入口のほうに声をかけた。

「はい。なんでしょうか？　まあ、親方」

「よう。あんたも大変だ。こんなところに入っちまって」

羽子板職人の長次は同情したように質屋の中を眺めた。

「こんなところとはなんだい」

孝蔵はムッとして言った。

「あ、これは失礼。いや、お亀さん、じつは日本橋のさくら屋さん、お得意さまの」

「ええ」

「さくら屋さんのあるじがわざわざ来てくれて、来年の正月に本店と出店《でみせ》五つの店頭に飾る大きな羽子板をお前さんに頼みたいと言ってきたんだよ」

「そうなんですか！」

さくら屋は大きな和菓子屋で、ここのさくら餅は江戸名物とさえ言われている。孝蔵も日本橋に出たときはたまに買って帰る。出店は四宿《ししゅく》と呼ばれる品川、新宿、板橋、千住と、もう一つはたしか浅草にあったはずである。

「ちょっとしたところににじみ出るとぼけた味わいは、お前さんにしか出せないものだとおっしゃってね」

「ああ、ありがとうございます」

お亀は嬉しそうに頭を下げた。

とぼけた味わいを出せるなどというのは、戯作を理解できる才覚ともつながっているのだろう――と、孝蔵は思った。

「じゃあ、機嫌を直して、仕事をしてもらえるかい？」

「機嫌を直してって、それはこっちが言う台詞《せりふ》ですよ、親方」

「さくら屋さんの大きな注文だ。代金もはずんでくれるよ」

「まあ」

「じゃあ、さっそく仕事をしてもらわなくちゃ。あと十日ほどしかないんだ。うちに来ている道具や材料はすぐに持って来るよ」

「はい」

お亀がうなずくと、親方の長次はハッとしたように孝蔵を見て、

「あ、どうしましょう？　代金はできたのと引き換えなので、質草がなくなってしまいますね？」

と、訊いた。

すると、孝蔵は笑って言った。

「そりゃあ、かんたんだ。なあ、お亀さん？」

お亀も笑ってうなずくと、

「はい。うちの人を入れときます」

第三席 牛の医者

一

団辺村《だんべむら》は、距離でいえば城下からそう遠くはないのだが、途中、山をいくつか越えなければならない。そのせいか、面積は広大なのに村人の数は五十人足らずしかいなかった。家と家のあいだもずいぶん離れていたりする。

この村でいちばんたくさんの牛を育てている与作《よさく》の家は、団辺村でもいちばん奥まった山のふもとにあった。

「おーい、与作、いるかぁ？」

「誰だぁ？ その声は田吾一《たごいち》かぁ？ こっちだ、こっち。裏の納屋だよ。いま、牛に

『八犬伝』ば読んで聞かせてるところだ」

　田吾一は、裏に回りながら、

「また、牛に読み聞かせやってるだか？　牛が『八犬伝』わかるか？」

　と、訊《き》いた。

「この前まで『おとぎ草子《ぞうし》』を読んでやってたが、なんだか子ども向けは退屈そうにしてたんでな。もうちっと難しい話のほうがええかなあと思っただよ」

「ほんとかよ。そういうことしてると、なまじ牛に知恵ついて、寺子屋さ行かせてくれだの、着物買ってくれえだの言い出したりして、面倒なことになりそうだがな……やあ、与作」

「やあ、田吾一」

　与作は本当に牛の前に本を広げ、読んでやっているところだった。

　与作の周りには牛が六、七頭ほど頭を並べ、いかにも本を見ているように見えなくもない。

「与作、こいつなんだけど」

「なんだ、誰かいっしょか？」

見ると、田吾一の後ろに、ぼぉーっとした顔つきの男が一人、立っている。よく肥《ふと》っていて、歩いて来て疲れたのか、肩で息をしている。髷《まげ》を縛る元結《もっとい》のかわりに、藁《わら》で縛ってあるのはいかにも田舎《いなか》臭い。

「おらの親戚でな。隣村に住んでるだ。なんだか、近ごろ具合がよくねえっちゅうでな。与作に診《み》てもらおうと思って、つれてきただよ。病人だ。診てやってくんろ」

「なんで、人、つれてくるだね。おらは牛の病気にはけっこうくわしいだ。いろいろ研究もしたし、ずいぶん治してもやっただよ。でも、人の病気のことはなんにも知らねえ。人は人の医者につれてけ。隣村だったらおるだろ？　得庵《とくあん》ちゅう医者が」

「ありゃあ駄目だ。おそろしくヤブで。あの先生の前に座っただけで、人は死ぬだ」

「そったらこと、あるかい？」

「あるだ。このあいだは風邪《かぜ》ひいた村の者を、あの得庵先生んとこにつれていったら、顔見たとたんだよ。目をひんむいて、パタッと倒れたと思ったら、死んでしまっただ。それればかりじゃねえ。つれて行った者もこの先生は噂《うわさ》どおりだと思って、あわてて逃げたけれど、これも玄関先でパタッと倒れて……」

「死んだのか？」

「いや。こっちは、どうにか命は取りとめたが、半身不随になってるだ」

「へえ、そりゃあ、また魂消《たまげ》たもんだな」

「でも、牛とか馬はあの先生の前に行っても死んだりはしねえ。だから与作、おめえが人の医者になって、得庵先生が牛や馬の医者になるといいって、皆、言ってるだよ」

「そんなわけにはいくかい」

与作はうんざりした顔をした。

「ほんで、ほれ、つれてきたわけだが、ちっと診てやってくんろ」

「だから、駄目だで、おらは牛しか診られねえだで」

「そんでも、おめえ、太郎作《たろさく》んとこの爺《じい》さまが腹痛起こしたとき、すぐ治してやったと聞いたぞ」

「あれは糞《ふん》づまり起こしてたんで、押し出してやっただけだ」

「庄屋の女房も心《しん》ノ臓が苦しいと言ってたのが、与作に治してもらったと」

「あれは、血の道がとどこおっているみたいだったので、牛の食う草を毎日食ってもらったら、だんだんと治ってきただよ」

「ほおれ、人も治せるじゃねえか」

「あれはたまたま牛の病気と似てたもんでな。それがかならず人にも当てはまるとは限らねえだよ」

「大丈夫だ、与作」

「なにが大丈夫じゃい？」

「こいつの名前は牛吉《うしきち》っていうんじゃ」

「牛吉！」

「しかも丑《うし》歳生まれ」

「そうなのか」

「だから、牛診るのといっしょのつもりでいいだよ」

田吾一は、大真面目《まじめ》な顔で言った。

「しょうがねえなあ。治らなくてもおらのせいにするのは、なしだぞ。おらのせいで死んだなんぞと言われたらたまらんからな」

「ああ、そんなことは絶対に言わねえよ。ほら、牛吉、診てもらえ。横になって」

と、田吾一は牛吉を前に押し出した。

すると与作は、首を横に振って、

「駄目だ。横になったりしちゃ。素っ裸にして、そこに四つん這《ば》いにさせてくれ」

「四つん這いに？」

「そうじゃ。牛と同じ恰好《かっこう》にさせねえと、おらには診立てちゅうものはできねえだよ」

「そうか、わかった。ほら、牛吉、脱いで、四つん這いになれ。恥ずかしがっている場合か。牛になったと思えばいいだ。ほら、ほら」

牛吉は素っ裸になって、本物の牛のわきで四つん這いになった。

本物の牛は、牛吉を見ると、

「なに、こいつ。大丈夫か？」

というような顔をした。

「どぉれ、まずは顔をば、じっくりと診させてもらうべ。どれ、目玉は？」

与作は牛吉のまぶたをめくりあげるようにした。

「ふうむ。べろを出してみろ」

「べえ」

と、牛吉はべろを出した。

「牛のべろはもっと紫色をしてるが、あんたのは白くて苔《こけ》が生えとるな。どれ、腹を触らしてもらうが、身体の力を抜いて」

「うっ、あっ」

くすぐったいので、牛吉はつい身をよじってしまう。

腹を下から押したり、持ち上げるようにしたり、このあたりはゆっくり丁寧に診ていく。与作の顔も真剣である。

「ふむふむ、なるほど。腸はどうだ？」

「あっ、おっ」

「腹に力入れるな。ここは摑《つか》むぞ」

「えっ、あっ」

「えいっ」

と、力を入れて引いた。

「痛たたた……」

「まだまだだぞ。大きく息を吸って、吐いて、吸って、吐いて」

「ん。もぉおおお」

「牛か、お前は？」

ようやく診立てが終わったらしい与作に、田吾一が訊いた。

「どうだ、与作。こいつの具合は？」

「うん。いろいろ弱ってきてるみてえだ。牛吉、あんた、一日に飯、何合《ごう》食うだ？」

「七合から八合くれえ」

「ばぁか。そったら飯食うからだ。もう、こうなると、飯は食えば食うほど寿命が縮まるだよ。飯は玄米で三合」

「たった三合ぉ？」

牛吉は泣きそうな顔になった。

「たらふく食ってもいいのは、タケノコ、みょうが、ねぎ、大根、葉っぱ、それと霞《かすみ》」

「か、霞……」

「あとは毎日、一所懸命、野良仕事しろ。でないと、一年は持たねえな」

「ほんとかい？」

牛吉は怯《おび》え、田吾一も心配そうな顔をした。

「信じられねえなら、来るな。おらだって、人の病気なんか診たくて診てるわけではねえだよ」

すっかり脅された牛吉は、与作から言われたことをちゃんと守った。

半年ほどすると、牛吉はだいぶ身体《からだ》も軽くなり、歩くと息切れするようなこともなくなった。

「与作はやっぱり名医だな」

噂は野を越え、山を越えて広がった。

二

患者の数は増える一方である。

近在の村はもちろん、ご城下や、街道にあるいくつかの宿場町からも患者は訪れ、それを目当てにした木賃宿《きちんやど》までできたほどだった。

与作も、最初のころはためらったり、嫌がったりしていたが、だんだんと医者らしくなってきた。髭《ひげ》などたくわえ、いままではつんつるてんの着物をだらしなく着ていたのが、筒袖《つつそで》にかるさんなど穿《は》いて、いかにもそれらしい。「先生さま」などと言われていると、人間というのはどうしても図に乗ってくるらしい。

ただ、与作の診立てはよく当たっていた。牛の身体のことを一所懸命、研究したのは事実で、それが人の身体にも応用できるところは少なくないらしい。また、薬草の知識も豊富で、処方された薬もよく効いた。

「どれどれ、じゃあ、素っ裸になって、そこに四つん這いになって」

患者は診察の方法も噂で聞いていたので、言われるとおりにする。

「先生さま。こういう診察もめずらしいですな」

「んだ。蘭方ではこうした診療法はごく当たり前だで」

「あれ、先生さまは蘭方も？」

「まあな。ちっと長崎で学んできただよ」

いつの間にか、長崎帰りの蘭方医になってしまっている。

しかも、医者は女にもてるのである。

それまで女には見向きもされなかったのが、十里ほど離れた宿場町から押しかけ女房まで現われた。

おこんというこの女は、歳は三十をちょいと出たくらいで、なかなか色っぽい。

「与作さんの手伝いで人助けができたら、あたしも生まれてきた甲斐《かい》があるんじゃないかなと思って……」

などと、言うこともけなげである。

「だが、おらは医者もやるけんど、牛をいっぱい飼うというのが夢なんじゃ。寝るときも、牛が一頭、牛が二頭……とかぞえながら夢心地になるというのが夢なんじゃ」

「そうなの？　でも、牛じゃあまりお金のほうは儲《もう》からないんじゃないの？」

「ま、金なんかいくら貯めても、この村じゃ使うところもねえし、それにおらは牛が大好きだでな。牛に寄り添ってると、なぁんとも言えねえくらい、おだやかぁな気持ちになれるだよ」

「じゃあ、牛もいっぱい飼う。人もいっぱい救う。頑張ろうよ、与作さん」

「おう、頑張るべえ」

与作の人生はいま、いい調子である。

三

山々が紅葉で美しく染め上げられたころである——。

この朝も、与作は牛の世話をするため、裏の牛小屋に回った。患者が来はじめるのは昼近くなってからで、いつもその前にやるべきことを済ませておく。女房のおこんは、医者の手伝いこそするが、牛の世話はまったくしようとしない。

と、そこへ、立派な身なりの武士がやって来て、

「この団辺村に名医がいるであろう。どの家かわからぬか？」

と、訊いた。

「名医？　ああ、そりゃあたぶん、おらのことだんべ」

「そなたが与作か？」

武士は疑わしそうに与作を見た。

与作は牛の世話をするとき、筒袖にかるさんを着ることはない。すり切れた短い着物をだらしなく着ている。そのほうが、作業もしやすいのだ。

「与作はおらで、おら以外、この村に医者はおりませんだ」

「さようか。では、殿さまのご容体を診てもらいたい。近くまで紅葉《もみじ》狩りに参っておったのだが、急に具合が悪いとおっしゃってな。なんでも団辺村の与作という者は、たいそう腕が立つ医者らしいではないか。そなたが与作なら、さあ、すぐに診てくれ」

後ろを指差すと、朝の陽《ひ》にきらきらと輝く駕籠《かご》と、その周りにいる二、三十人の武士やお女中たちが見えた。

「お、おらが殿さまの、そ、そりゃあ駄目だ」

与作は急にあわてはじめた。

「なにが駄目だ」

「お殿さまなどは、立派なお医者さまが診るべきで、おらなんぞはとても診るわけにはいきませんだ」

「そんなことはない。そなたの腕がいいことはご城下にまで聞こえているぞ」

「とんでもねえ」

「長崎で蘭方も学んだそうではないか」

「あわわわ、そりゃあ誤解ですだ。駄目だ、お武家さま。しかも、おらのは診立てのときに変な恰好をさせなくちゃならねえ。あれはとてもじゃねえが、お殿さまにさせられる恰好じゃねえだよ」

「火急のときじゃ。いかような恰好でもしていただく」

「いえ、あの、やっぱり無理でございますだ」

「なにが無理だ？」

「お、おらは、もともと……」

与作はすっかり臆してしまった。

この際だから、もう洗いざらい正直に打ち明けてしまおうと思ったら、女房が与作の袖を引いた。

「ちょっと、お前さん、こっちに来ておくれ。あ、お侍さま、ちょっとだけ話がありますので。ええ、すぐに終わりますから……お前さん、まさかほんとは医者じゃないなんて言うつもりじゃないだろうね？」

牛の陰に隠れるようにして言った。

「言うつもりだよ。お殿さまの病なんか、おらに治せるわけがねえ。そこらの百姓たちだからちっとくれえ診立てにしくじってもそう文句は言われなかったけど、相手はお殿さまだぞ。失敗が許されるわけがねえ。しかも、いま、ここで適当な診立てをしても、どうせお城に帰ってから、立派な医者に診てもらうに決まっている。おらの診立てのいい加減なことなんか、すぐにばれちまうさ」

「馬鹿だねえ、もっと自信をお持ちよ。お前さんの診立てはたしかなんだよ。牛も人もそうは変わりないし、現にお前さんの治療で大勢の人が治ってきたんじゃないか。お殿さまも、そこらの百姓も、身体のできはいっしょだよ。それよりもこれでお殿さまの具合がよくなってみなよ。これほどの腕をもったいない。城下へ出てまいれ。屋敷も進呈しようとか言われるよ」

「馬鹿言え。だいたいおらはご城下になんて出て行きたくねえよ。ここで牛たちといっしょにのんびり暮らし、たまに人の病も治してやっていたら、それで充分なんだ」

「なに言ってんだよ。お前さん、男だろ。せっかくの機会を見逃してどうするんだい。男ってのは、どんどんのし上がっていくものなんだよ。自分の力を目いっぱい発揮してこそ、男の人生じゃないか」

おこんは宿場で客商売をしていたくらいで、口が達者である。

「そりゃあ、ほんとに力のあるやつのすることだ。そういうやつは、どうやったってのし上がっていくんだ。おらは、しょせん、牛の医者、いや、ほんとはただの牛飼いだで。ちょっと調子に乗ったのがまずかったなあ」

「ええい、お前さんは、じれったいねえ」

揉《も》めているところに、

「いつまで待たすのだ。殿は具合が悪いのだぞ」

城の武士が苛々《いらいら》したように言った。

「あ、はい、ただいま、まいります。ほら、しっかり、やんなよ」

女房は与作の背中を押した。

「もう、しょうがねえなあ。そのかわり、怒らないでくださいよ。診立てにしくじっても、変な恰好をさせたりしても」

「怒りはせぬ」

「じゃあ、そこで」

与作は納屋からつづいている板の間を指差した。

おこんもあとをついていこうとしたが、

「待て、待て。殿とそなたの二人だけじゃ。あとの者の同席は許さぬ」

と、城の武士が言った。

「だども、女房は近ごろ、おらの仕事を手伝ったりしてますので」

「ならぬ。診立てはそのほう一人だけじゃ」

いまにも刀を抜くのではないかという顔をした。

「わかりました。では出ていけ、ほら」

おこんが表のほうの部屋に去ると、城の武士は殿を呼んで来た。

よほど具合が悪いらしく、両脇をお女中二人が抱えるように歩いて来た。小柄だが、腹のあたりはでっぷり肥っている。顔色はそう悪くないが、脂汗を流していた。

「では、われらも向こうに下がっておる。頼むぞ」

そう言って、城の武士もお女中もいなくなった。

二人きりである。

与作はお殿さまの顔を初めて見た。

まだ、若い。二十歳よりも前ではないか。

しかも、たいそうな美青年である。

「では、お殿さま。申し訳ないんですが、おらの診立ては素っ裸で、四つん這いになってもらわねえと始まりませんでね」

「ちと、恥ずかしいの」

お殿さまの頬《ほお》が、色づきはじめた楓《かえで》のように染まった。

「ええ。だども、そうしてもらわねえと、おらも診立てができねえんでね。誰だって、そんな恰好は嫌だし、おらだって見たくはありませんよ。ちっとよそ向いてるから、そのあいだにお願《ねげ》えしますよ」

与作はそっぽを向き、

「よいぞ」

という声に振り返った。

これがびっくりしたの、なんのって……。

四

目の前にあったのは、真っ白な女体だった。

与作はしばらく声を失ったが、

「お殿さまじゃねえんですか？」

かすれた声で訊いた。

「いや、殿だ」

「だって」

与作は殿の身体を指差した。

「乳は張ってるし、あれもねえし……そんな馬鹿な」

「こういうわけなのだ。くわしい詮索はせぬほうが身のためじゃ。当藩の秘密だ。他言はならぬぞ」

「他言というと？」

「他人には言ってはならぬというのだ。そんなことより、早く具合を診てくれ。腹の中がひっくり返るようだ」

「は、はい」

与作は呆然《ぼうぜん》、愕然《がくぜん》としながらも、一通り腹を撫《な》でていく。

腹は山が垂れ下がったようである。なにが起きているかは一目でわかるが、しかし、ただ肥ったただけなのかもしれない。なにせお城のお殿さまは、食いものからして違うはずである。

もう一度、ゆっくり、やさしく撫でる。間違いない。中でちゃんと動いている。

「お殿さま。お子が」

「さよう。わかるか?」

「わかりますよ。もう、ずいぶん大きいですね」

「そうじゃ」

「こりゃあ、産まれるのも近いですよ」

「城にもどったほうがよいか」

「間に合いますかねえ」

下手したら、野山で産み落とすことになるかもしれない。

「ちょっと湯をわかしてまいりますよ」

与作は急いで台所に向かった。

かまどに大釜をのせ、水を入れると、おこんがそっと近づいてきた。

「お前さん……」

「てえへんなことになっただよ」

「なにが？」

「お殿さまは女だ」

「嘘だろ？」

「嘘じゃねえ。しかも、腹ぼてで、いまにも産まれそうだ」

「ええっ。お前さん。たいへんな秘密を握ってしまったよ」

「ああ。他言無用だと」

「なんでそんな秘密、知ってしまったんだよ」

「おらだって好きで知ったわけじゃねえだろ」

「しらばっくれたりはできなかったのかい？　殿、だいぶ肥り過ぎですねとか」

「そんなわけ行くか」

「ああ、お前さん。それは無事じゃすまないね。診立てが終わったあと、ばっさりやられるよ」

「嫌なこと、言うなよ」

「あたしだって、無事でいられるわけがないよ。このようなことを他言されたら困るのでな。かわいそうだが、そなたもって……じゃあね。お前さん」

おこんは、台所の隅にあった甕《かめ》の中から重そうな巾着《きんちゃく》を取り出し、懐に入れて、足音を忍ばせた。

「あ、おこん。どこに行く?」

「あたしゃ、別れさせてもらう。あんたとはもう縁もゆかりもないし、なにも見なかったし、知らなかった。じゃあね」

ひどい女がいたもので、裏口から山の中へと一目散。

物音を聞きつけたさっきのお城の武士が、

「これ、与作。なにをいたしておる」

「はい。ただいま」

もどってくると、お殿さまの苦しそうなこと。

「あ、陣痛が始まっちまっただ」

「与作。なんだか産まれるような気がしてきた」

「産まれます。こりゃあ、産まれますよ。こうなったら産んじゃいましょう。元気なお子さまをね」

与作はそう言って、お殿さまの尻をぺたぺた叩いた。

「そなた、お産はいっぱい経験しているのだろうな？」

「そりゃあ、もう数え切れねえほど。もっとも、ぜんぶ牛ですがね」

「人はないのか？」

お殿さまは不安げな顔をした。

「なあに、人も牛もそうは違わねえだ。食って、たれて、起きて、寝るだけだ。おらの言うこと、聞いてくれたら大丈夫だ」

「よし。どうすればよい？」

「しっかり、いきんでくださいよ。おらの掛け声に合わせて調子よくね。おらがヤッセエヤッセエと言いましたら、モォオって力んでくださいよ」

「わかった」

「ヤッセエヤッセエ」

「モォオ」

「ヤッセエヤッセエ」

「モォオ」

「ううむ。もうちっと唄うようにはいきませんかね？」

「唄うだと？」

「牛が野っぱらで草食ってるだよ。腹いっぱい食ったで、たれたくなってきた。天気はいいいし、風は気持ちいいし、ここでぶりっとたれちまうべ。気持ちいいぞ。いいか。ヤッセエ、ヤッセエ」

「モォオ」

「そう。その感じで。ヤッセエヤッセエ」

「モォオ」

なんとも間抜けな掛け声であるが、いままで牛のお産には効果てきめんであっただけに、人にも効果はあるらしい。

「ほぉら、出てきた、出てきた。もう一息。ヤッセエ、ヤッセエ」

「モォオ」

と、力んだとき、

「おんぎゃあ」

この世に新しい命が誕生した。

「よぉし。よく頑張りましたね。しかも、お殿さま。元気な男の子でございますよ」

「ちと、小さくはないか？」

お殿さまは疲れた声で訊いた。

「なあに、これだけ元気なんだから。牛だってちっと小柄でも元気に育ちますだ」

「よかった」

「ほらほら、立って歩いてみろ」

与作は赤ん坊の頬《ほ》っぺを、指先でちょんちょんとつついた。

「牛じゃあるまいし、そんなにすぐには歩けぬぞ」

お殿さまは苦笑した。

産声《うぶごえ》を聞きつけ、家来やお女中たちも顔を出した。

男の子とわかると、

「おう、これで本当のお世継ぎが誕生した」

「こんなめでたいことはない」

皆、抱き合って泣きじゃくるではないか。

与作は産み終わったら逃げようと思っていたが、あまりのなりゆきに呆然と見つめるばかり。

やがて、さっきの武士が与作の前に来て、

「さぞや、驚いたことであろう。わしは家老の大滝平右衛門《おおたきへいえもん》と申す。じつは、先代の殿にはなかなか男の子ができず、お世継ぎのことが心配だった。それで、最後にできた十二番目の女の子を男の子として幕府に届け出たのじゃ。それがこの若殿じゃ」

「はあ」

「先代の殿はそれから十数年ほど生きられて、五年前に亡くなり、若殿があとを継いだ。したが、こうした異常な事態がそうそう長つづきできるものではない。なんとか殿に早いところご懐妊《かいにん》していただき、男の子を出産してもらいたい。それが、われら重臣たちの悲願であったのじゃ。その悲願がいま、ここで叶った。与作。礼を言うぞ」

大滝平右衛門は頭を下げた。

これを見たほかの家来たちも、いっせいに倣《なら》った。

「いやあ、礼なんか」

「なんでも望みはかなえてやるぞ。まずはご城下で医者をやるか。屋敷を整えてやろう。そのほうの腕があれば、ご城下でも充分、繁盛するぞ」

「いや、おらは、牛と暮らすのがいちばんだ。牛と野山を歩き、子どもを産ませて、乳をしぼって、やっぱりこういう暮らしが好きなんだと、つくづく思いました」

「そうか。では、金子《きんす》を与えよう」

「そんなものも要りませんだ。ただ……」

と、与作は恥ずかしそうな顔をした。

「なんだ、遠慮なく申せ」

「これは変な気持ちで言うのじゃありませんよ」

「よいから、申せ」

「はい。たまに、お殿さまの乳しぼりに行かせてもらいとうごぜえます」

第四席　忠犬蔵

一

「おい、新米、どうした？　なんか、きょときょとしてるぜ」

入ったばかりの中間《ちゅうげん》の喜助《きすけ》は、屋敷の門のところで先輩の為蔵《ためぞう》に声をかけられた。

為蔵はごつくて、髭なども生やして、といって偉ぶってもおらず、なかなか頼りがいのある先輩である。

「はい。いま、ちょっとそこまで外に使いに出たんですがね、なんかこの屋敷が誰かに見張られているような、泥棒に狙われているような、嫌な感じがしたんですよ」

そう言って、喜助は門のわきの格子《こうし》窓から外の通りを見た。

だが、別に変な者もいないし、通りには枯れ葉が舞っているだけである。

「ああ、その嫌な感じというのは当たってるよ」

「やっぱり、そうなんですか。いえね、あっしはこちらに来る前に、やっぱり中間奉公していたお屋敷が泥棒に入られましてね。どれくらいやられたかはわからねえんですが、どうも手文庫ごと、ウン百両という金が盗まれたみたいなんですよ。そのとき、数日前から感じた気配とよく似てますのでね」

「なるほど。だが、ここを狙っているのは泥棒じゃねえんだ。狙われているのには違いねえんだがな」

「えっ」

「おめえ、なんにも知らずにここに雇われたのかい？」

為蔵は同情したような口ぶりで訊《き》いた。

「あっしはただ、口入《くちい》れ屋に行きまして、ここはかなりいい賃金がいただけるってえんでありがてえと。なんせ、子どもが病気で治療代がかさみそうなんでね」

喜助は子沢山《こだくさん》である。十二の娘を頭に、七人の子どもがいる。そのうち、四歳の倅《せがれ》が病気がちで、始終、医者に診《み》せている。これが相当なかかりになっている。

もともと喜助も女房も、子どもに食わせるので働きづめだが、医者の代金もあって、できるだけ稼ぎのいいところで働きたい。この屋敷は、ほかよりも三割増しの給金がもらえるというので、くわしい話もきかずにやって来たのだった。

「ちゃんと、ここの名前は聞いたんだろ?」

「ええ。吉良《きら》さまとおっしゃると」

「場所も聞いたんだろ?」

「はい。ここは、本所松阪町《ほんじょまつざかちょう》でしょ」

「そう。本所松阪町、回向院《えこういん》の裏手。吉良上野介《こうずけのすけ》さまのお屋敷だぜ」

「あれ、ちょっと待ってくださいよ。そういえば、どこかで聞いたことがありますね」

「なんだよ、いま、江戸中の噂《うわさ》になってるぜ」

「待ってください、思い出しますから」

喜助は考えた。じつは、働くのに精一杯で、瓦版《かわらばん》を読む暇も、知り合いと噂話をしたりする時間もない。

とはいえ、仕事仲間の噂話くらいは自然と耳に入ってくる。

「あ、あれかな」

前に働いたお屋敷で、奥女中たちがひそひそと話をしていた。

「それだよ」

「お菊《きく》の幽霊が出る？」

喜助は怯《おび》えた顔で訊いた。

「あら」

為蔵はずるっという感じで身体を横に傾けて、

「それは番町《ばんちょう》だろ。番長皿屋敷。ここは本所だぜ」

「本所ですよね。本所にもお化けが……ああ、足洗い屋敷というのがあるんですよね。天井から大きな足が降りてきて、おれの足を洗えってのが」

「それも違う。怪談話なんかじゃねえぜ」

「怪談じゃない？」

「ほら、仇討《あだう》ちで」

「仇討ち……あ、もしかして赤穂《あこう》の浪士たちの」

それも聞いた。その屋敷の中間連中が話していた。喜助は忙しくて話には加わらなかったが、皆、面白そうに話していたものだ。

「それそれ」

「お殿さまの浅野内匠頭《あさのたくみのかみ》がお城の松の廊下で刃傷沙汰《にんじょうざた》を起こして切腹。その刃傷沙汰の相手が……」

「そう。このお屋敷のあるじ、吉良上野介さまなんだよ」

「ああ、そうか。討入りがあるかもしれないのか。参ったなあ」

喜助は頭を抱えた。

討入りなんかあった日には、とばっちりを食うことだってある。七人の子どもたちを食わせていくには、死ぬのはもちろん、怪我《けが》もできない。

「よく知らずに来たのか。そりゃあ、口入れ屋も言うわけねえよな」

「知ってたら誰も来ませんよ」

「そりゃそうだ」

「だから、前にいたやつがニヤニヤしてやがったんだ。教えてくれたらいいのに」

「意地の悪い野郎がいるのさ」

「そういえば、ヤットウの腕はどうだと訊かれましたよ」

「どうなんだ？」

「竹の棒も満足に振れませんよ」

「だよな。おれだって似たようなもんだよ」

「それでもいいって口入れ屋は言いましたよ」

「じゃあ、こっちもそういうことで話しているんだろうな。なんでもいいから回して寄こせとな」

為蔵もうんざりした顔で言った。

「長いんですか、ここは？」

「三年くらいはいるけどな。討入りの噂が出始めたころから、中間はしょっちゅう辞めていくよ」

「でしょうね」

「そのかわり、賃金はどんどん上がった」

「でも、死んだら終わりでしょうが」

「そらそうだな」

「忠義の気持ちはあるんですか？」

喜助は小さな声で訊いた。

「馬鹿。おれだっておめえといっしょで渡り中間だよ。そんなもの、あるわけねえだろ。ただ、なまじいいお給金をもらっているうち、ずるずるといついてしまっただけだよ」

喜助はそんな気持ちもわかる気がする。渡り中間というのはしがらみなどないだけ、気持ちはかなり楽なのだ。

「ほんとに来るんですか？」

「おれに訊かれたってわからねえよ。だが、噂じゃ、すでにここらに集まり始めているらしいぜ」

「何人くらいで攻めてくるんでしょうね？」

「わからねえ。町の噂では二百人だの三百人だのと言っているが、こっちの話だとそんなに集まっちゃいねえらしい」

「お屋敷には何人くらいいるんですか？」

「百人くらいはいるが、おれだのおめえみたいな、戦おうなんて気がねえやつもいっぱいいるからな」

たしかに口入れ屋から来た用心棒みたいな連中が何人かいるが、剣術の稽古もせず、毎日、退屈そうにしている。

「浪士たちは諦めようなんて気はないんですかね？」

「引っ込みがつかなくなってんじゃねえのか」

「ああ、それはありそうですね。いつ、来るんですか？」

そのときは、しらばくれて家に帰ってしまおうか。

「わからねえ。今日は十二月十二日。まあ、正月にはやらねえと思うがな」

と、為蔵は笑った。

「笑ってる場合じゃねえですよ。だいたい、赤穂の浪士たちが、てめえのお殿さまが切腹になったからといって、吉良さまの屋敷に討ち入るってえのも、なんか変な話ですよね」

「そうかい？」

「それじゃ、ただの意趣返しじゃねえですか。裁定に不満だったたんでしょ。だったら、裁定を下した大目付《おおめつけ》だかなんだかに討ち入ればいいんじゃないですか？」

「裁定が気に入らねえし、くつがえるわけがねえ。だったら、自分たちが意趣返しをするしかねえ。そうすることが、お上への異議申し立てになると、こういう腹づもりなんだろうな」

「なるほどね。でも、要は喧嘩《けんか》でしょ」

「まあな」

「喧嘩は江戸の花だって言うけど、ふつうは止めますよね」

「でも、町じゃ皆、赤穂の浪士を応援したりしてるらしいぜ。吉良さまはすっかり悪役だよ」

「そりゃあ、自分に関係ないからでしょうよ。あっしだってほかの屋敷に勤めていたら、赤穂の浪士を応援しますよ」

「おれもそうだろうな」

為蔵は皮肉な笑いを浮かべた。

「弱ったな。なんとかならねえかな」

喜助は頭を抱えた。

そこへ、産まれたばかりの仔犬がよちよちとやってきた。屋敷の小間使いがどこかからもらってきた犬らしく、そういえば昨日もここらをよちよち歩きまわっていた。

「おお、よしよし。干し芋があったな。ほらよ。おめえはかわいいな」

喜助はたもとから干し芋のかけらを出して、仔犬に与えた。

犬を撫《な》でているうち、喜助は、

「ん？」

という顔をした。

「どうしたい？」

「いや、いま、ふと思ったんですがね、ここの屋敷で犬をいっぱい飼ってみたらどうかなって。何十匹と言わずに、何百匹とか千匹とか」

「犬を飼って、なんかいいことあるのかい？」

「討ち入ってきた浪士たちに、犬がいっせいに吠《ほ》えたり、食いついたりしますよ」

「犬なんか、すぐ斬《き》られちまうよ」

「犬を斬れますか？　生類憐《しょうるいあわ》れみの令にそむくことになりますよ」

「あ、そうか」

将軍綱吉《つなよし》は生きものを虐待せぬようにと通達を出し、なかでもとくに犬を苛《いじ》めることを厳しく禁じていた。

「犬を何十匹、何百匹と斬ったら、主君の仇どころの話じゃなくなりますよ。審議もへったくれもなしで、その場で切腹ものでしょう」

「そりゃそうだ」

「しかも、大きい犬なら憎たらしく思われるかもしれねえが、こんなかわいい仔犬が吠えついていてきたって斬れますか」

「まあ、おれにはちょっとできねえな」

「でしょう？　生類憐れみの令があるから犬は斬れない。かわいさのあまり斬りたくもない。手がつけられません。浪士たちもちらっとのぞいて、庭に犬がうじゃうじゃいたら、引き返しますよ。つまり、討入りは避けられる。どうです？」

為蔵はしばらくじっと考えた。

それからにやりと笑って、

「おめえ、いい案を考えたな」

「そうでしょ。あっしはそういうことを考えるのは得意なんです。でも、浪士たちが討ち入ってきたりしたら、あっしはまるで役に立ちません。一目散に逃げます」

「そりゃあ、おれだって逃げるさ」

「そんなに強そうなのに？」

「これは看板だ。斬り合いなんてえのは、武士でござるてえ人たちのすることだもの。こっちは中間分の給金しかもらっていねえよ」

「そうですよね」

「でも、その策はここのご用人さまに話したほうがいいかもしれねえぜ」

「そうですか」

「そんな名案、誰も思いついていねえよ」

為蔵はぽんと、喜助の肩を叩いた。

二

吉良家の家来である小林平八郎《こばやしへいはちろう》が、あるじの使いで日本橋まで行くことになった。何かあってもまずいので、いちおう中間二人を供にすることにして、為蔵と喜助がいっしょに行くことになった。

「おい、喜助。例の話だが」

と、後をついていきながら、小声で言った。

「ああ」

「小林さまに言おうかと思ってるんだ」

「この方にかい？」

「剣術の腕は相当なものらしい」

「へえ。そんなふうには見えねえけどな」

かなりの洒落者《しゃれ》である。刀の鞘《さや》などは何をまぶしたのか、動くたびにきらきらと光る。刀をこんなふうに飾る人に、剣の強い人などいるのだろうかと思ってしまう。

日本橋の用事はすぐに終わり、帰り道に両国橋の上まで来たときである。

小林平八郎は立ち止まって大きく伸びをした。

陽《ひ》ざしが暖かく、大川の下流のほうまできれいに見渡せる。

「今日は気持ちがいいのう」

機嫌もよさそうである。

為蔵が声をかけた。

「あのう、小林さま」

「なんだ？」

「じつはあっしら二人で、噂になっている討入りを防ぐ手段があるのではないかと考えましてね」

と為蔵は喜助を見た。

いっしょに考えたわけではなく、喜助が考えたのだが、それはよしとした。為蔵が言わなければ、どうせ喜助は言えなかった。

「なんだ、申せ」

「ええ、こんな策はどうかと思いまして……」

「犬を千匹、飼えだと？　生類憐れみの令にそむくことになると？」

「はい。お屋敷では、用心棒を雇ったり、武器を用意したり、扉を頑丈にしたりと、いろいろなさっておいでですが、それよりもこっちのほうが効果はてきめんじゃねえかと思いまして」

小林平八郎はしばらく何も言わなかった。

為蔵と喜助は、小林の横顔を見つめた。

称賛の言葉はどんなものになるのか。もちろん、褒美を期待する気持ちは大である。

「匹夫《ひっぷ》の案だな」

小林は吐き捨てるように言った。

「え？」

「下郎の考えることだ」

「はあ」

「武士の考えることではない。男が思いつくことでもない。そんなことをして、浪士の攻撃から逃れたなどと、世間に知られてみろ。大笑いだろうが。吉良さまは、お犬さまの力で守ってもらったなどと騒ぎ立てるぞ」

「それは……」

為蔵は返す言葉もない。

もちろん喜助だって口をはさむことができない。では、吉良家では赤穂浪士を迎え撃つつもりなのか。百人で守るところに、何百人もの浪士が押し寄せたら、これは立派ないくさである。三千坪ほどの屋敷の内側で、いくさが始まるのだ。

喜助は想像しただけで身体が震えてきた。

「お犬さま大明神でも建てるか。くだらぬ案を出すな。下郎は黙って掃除でもしているがよい。馬鹿者」

「はい、あいすみませんでした」

まったく聞き届けてもらえなかった。

だが、この話を小耳に挟み、

「犬を千匹飼うだと。それはまずい」

と、つぶやいた男がいた。

棒手振《ぼてふ》りのかぼちゃ屋。大ぶりのかぼちゃを前後のかごに十個ずつも入れて歩いている。化けるのが目的なのだから、そんな重い荷物をかつぐ必要はあるまいと、仲間たちから笑われている。

赤穂浪士きっての遣い手、堀部安兵衛《ほりべやすべえ》だった。

三

堀部安兵衛はすぐさま、元赤穂藩筆頭家老・大石内蔵助《おおいしくらのすけ》のもとへ急いだ。

大石は日本橋石町《こくちょう》三丁目の小山屋弥兵衛《おやまややへえ》裏店《うらだな》に名前や身分を偽って、仲間とともに住んでいる。

「大石さま」

「おう、安兵衛ではないか。ずいぶん慌てたようすだが、どういたした?」

「はい。じつは、今日も棒手振りに変装して両国あたりを探っていたのですが、両国橋の上で驚くべき策を耳にいたしました」

「どんな策じゃ」

「じつは、これこれこういう策……」

「犬を千匹!　それはまずい」

大石の顔が大きく歪んだ。

「まずいですよね」

「われらの討入りがまともに綱吉公への反逆ということになってしまう。われらの大義名分はたちまち消え去ってしまう」

「そう思います」

「しかも、討入りが終わったあとに、横たわる犬の死骸の群れ。見た目も最悪だ。そんな討入りを誰が支援する。われらの討入りは、あくまでも民の共感を得なければならない。そんなむごたらしい義挙がどこにあるか」

「まさに」

「誰がそのような?」

「おそらく、小林平八郎と申す者」

「吉良家にもなかなかの策士がいるものだな」

大石はそう言って、小さく呻《うめ》いた。

「大石さま、どういたしましょう?」

「本当にその策を実践するつもりかどうか探るのだ。犬も千匹となると、集めるのは容易ではあるまい」

「わかりました」

堀部安兵衛は一礼し、ふたたび市中へと舞い戻った。

「どうしたんです、為蔵さん?」

仔犬を抱いてうろうろしていた為蔵に、喜助が声をかけた。

「どうも仔犬がぐったりしちまってるんだよ」

「どおれ。あ、ほんとだ」

喜助は抱かれている仔犬をのぞきこみ、喉《のど》のあたりを触ったりした。

「具合が悪いみたいなんだ」

「ちょっと早くもらい過ぎたんでしょう」

「そうだよな」

「連れてって母犬の乳を飲ませてくればいいじゃねえですか」

「ところが、用人の坊っちゃんがこの犬をやけに気に入って、連れていっちゃ駄目だと泣くんだよ」

「じゃあ、どうするんです？」

「母犬をこっちに連れてくるよ。すぐ、そこらだから。おめえもいっしょに来てくれ。母犬を連れ出すと、ほかの仔犬も来ちまうはずだからな」

「わかりました」

喜助は為蔵といっしょに母犬を借りに行った。

案の定、母犬のあとを、五匹の仔犬がちょこまかとついて来る。

「ほら。こっちだ、こっち」

仔犬たちに声をかけながら屋敷にもどる途中、

「なあ、為蔵さんよ」

「なんでえ」

「あっしは思ったんですがね、大人同士の喧嘩でしょ。討入りうんぬんの騒ぎは」

「まあな」

「だったら、吉良さまが浅野さまの縁者のところに行って、内匠頭さまの墓前に手を合わせてくるべきなんじゃないですかね。長屋の大家なら、おそらくそう言いますよね。八《はち》は気が短い男でたいした理由もなしに熊《くま》さん、あんたを殴ってしまった。あたしは話を聞いて、殴った八が悪いと言ったら八さんは死んでしまった。だが、家族はひどく怒っている。ここは、熊さんも詫《わ》びくらいはしたほうがいいだろう――と、大家だってそれくらいは言うでしょう。いや、熊さんだって、てめえでそれくらいのことは考えますよ」

「そりゃそうだわな」

「吉良さまは、線香の一本もあげにはいかねえのですか?」

「いってねえだろうな」

「そりゃあ、よくないですよね」

「そうだよな」

為蔵はそう言って、しばらく考えた。

「いまの話、お屋敷の人に言ってみるか」

「どうせまた、怒られるだけですって」

「いや、あれは人の選び方をしくじっただけだ。清水一学《しみずいちがく》さまというお人がいる。この方も剣の達人だそうだ」

「なおさらよくないでしょうよ」

「逆だよ。強い人のほうが、考えも柔軟なんだ。あ、ちょうど門から出てきたのが清水さまだ。清水さま」

喜助がためらうのを無視して、為蔵は清水一学に近づいて行った。

これをあとをつけながら見聞きしていたのが、またしても堀部安兵衛だった。

「ややっ、やはりあの策を実行し始めたか。しかも、吉良上野介が詫びに来るなどとも申しておった。あそこにいるのはたしか、清水一学。そうか、あやつの策であったか」

四

堀部安兵衛はまたしても大石内蔵助の潜伏先に駆けつけた。

「なに、犬をどんどん集め始めているだと」

「はい。わたしが見ているときも、すでに六匹の犬が門内に入って行きました」

「なんということだ」

廊下に立っていた大石内蔵助は、こぶしを強く握り、天を仰《あお》いだ。

「大石さま。それればかりではありませぬ」

「なんだ」

「吉良が浅野家に詫びに来るなどと」

「なんだとぉ！　詫びに来るだと？」

犬の策も衝撃だったが、こちらの策には身体がよろめくほど仰天した。

「誰だ、そのような策を言い出した者は？」

「おそらく清水一学という者」

「吉良上野介に詫びに来られたりしたら、われらの立つ瀬もなくなるぞ」

「まったくです。詫びたのに無視したなどというのは、江戸っ子たちがもっとも嫌がる筋書きです」

「駄目だ、来られる前に討入りだ」

「やはり」

「小林平八郎に、清水一学か。吉良家をあなどっていたやもしれぬ」

「まさに」

「急がねばならぬ。もはや、年の暮れなどと悠長なことを言ってはおられぬ。今日は何日であった？」

「十二月十三日です」

「明日だ。明日の夜、われらは吉良上野介の屋敷に討ち入るぞ！」

大石の命令で、堀部安兵衛は浪士たちがそれぞれひそんでいるところ目指して走った。

「どうですか、仔犬の具合は？」

喜助が門の裏あたりを掃いていた為蔵に訊いた。

「だいぶ元気にはなったけど、やっぱり母犬が恋しいみたいだな」

「そうでしょうね」

昨日の夕方、こっちに連れてきた母犬と兄弟犬たちは、夜更けになってから元の家にもどしてしまった。

なまじ母乳を吸ったこともあり、今日も夕暮れになったら、またもや寂しがり出したのだろう。くぅん、くぅんという鳴き声を聞くと、喜助は長屋にいる子どもたちのことを思い出してしまう。もっぱら十二の娘が面倒を見ているいちばん下の娘は、まだ二歳なのだ。歩いているようすなどは仔犬とほとんど変わりがない。

「おめえ、ちっとこの犬を母犬のところに連れてってやれ。用人の坊っちゃんがいねえところなら、連れ出せるから」

「ああ、そうしましょうか」

「あ、そうそう。さっき、清水さまと会ったよ」

「まだ怒ってましたかい?」

「怒ってるなんてもんじゃねえ。おれはすっかりここに居にくくなったぜ」

「だって、あんなに止めたのに言っちまうからですよ」

「もうちっと検討してくれると思ったんだがなあ」

「そんなもんですって、武士なんてえのは」

夜もだいぶ更けてから——。

喜助は仔犬を抱いて、裏門から外に出た。

風が冷たい。思わず身を震わせる。昨夜降った雪が、昼間、屋根から落ち、道の端に積み上がっている。道が凍りはじめていた。

——あ。

向こうから、数十人の武士たちが駆けつけてきた。鉄兜《てつかぶと》に火事場装束《かじばしょうぞく》のようなものを着込んでいる。

血相が変わっていた。

喜助は何も言わずに道の端に寄り、男たちとすれ違った。

こっちは裏門のほうである。おそらく表門のほうにも同じように武装した浪士たちが押し寄せているのではないか。

「今日だったんだ……討入りは……よかったな、お前。危うく巻き込まれる寸前で、おれたちは外に出られたんだぞ。為蔵さんは大丈夫かな。あ、あっちの塀の上から出てきたよ。一目散に逃げるって言ってたからな。浪士たちもあの血相じゃ、犬なんか次々に斬り殺していたかもしれねえな。おれの策が取り上げられずに済んでよかったよ。犬をいっぱいひどい死に方させるところだった。だから、早く吉良さまも詫びに行けばよかったのにな。やだねえ、武士の意地ってのは。端《はた》迷惑なんだよな」

喜助は仔犬を母犬の元にもどし、早いところ神田の長屋にいる自分の子どもたちのところに帰るつもりになっていた。

ときは元禄十五年十二月十四日――。

本所松阪町に悲しげな犬の遠吠えが響き渡ると、やがて山鹿流《やまがりゅう》の陣太鼓が鳴り始めた。

第五席　やみなべ

一

「若旦那。但馬《たじま》屋の若旦那」

後ろから肩を叩かれて、新太郎《しんたろう》は振り返った。

幇間《たいこもち》のくせにやたらとごっつい身体をした玉八《たまはち》がいた。相撲《すもう》取りから幇間になった変わり種である。もっとも、ずっとふんどしかつぎだったというから、当人にはそれほど意外な転身をしたという気持ちはないらしい。

「おう、お前か」

「昨日、高田楼《たかだろう》の宴会でお見かけして」

「ああ、お前も来てたな」

「若旦那のところに行こうと思っていたら、たちまちいなくなってしまって」

「うん。挨拶だけしてすぐに帰ってしまったんだよ」

「どうして、また？　いつもだったら、へべれけになるまで飲んで、最後、裸踊りで若者の顰蹙《ひんしゅく》を買うまで飲むお方が」

「どうも、そういう気にはなれないのさ」

玉八は扇子《せんす》で新太郎を扇ぎながら、くるりと犬のように一回りして、

「あれれ？　元気がないですね？」

さらに、頭からつま先までを見た。

「元気なんかないよ」

「どうしたんです？」

「うん、まあな」

「悩みごと？」

「ああ」

「もてる若旦那のことだから女の悩みごとじゃないですよね？」

「おれは女では悩まないよ。女がおれで悩むだけ」

「たいそうな自信ですな。じゃあ、商売のこと？」

「おれは商売でも悩まない。それはおやじが悩むこと」

「弱ったもんだな、どうも。なんです？　おっしゃってくださいよ」

「いやだよ。お前には言いたくない」

「あれ、冷たいお言葉。それはないでしょう。あたしと若旦那の仲なのに」

「お前とおれがどういう仲なんだ？」

「やだなあ。若旦那がおとっつぁんに連れられて、十七で初めて宴席というところに顔を出した五年前。以来、吉原から品川から飛鳥山《あすかやま》から高尾山まで、いろんなところにお供してきたじゃないですか。遊びに行くときはたいがいあたしを誘っていただいたでしょ」

「まあな。お前がいると座持ちがいいし」

「一時は、若旦那とあたしは一心同体」

「気持ち悪いこと言ってるんじゃないよ」

「若旦那の養子になりたいと思ったこともあるくらい」

「お前、おれより八つも年上だろうが」

「要するに、訊《き》きたいのは、あたしが若旦那を裏切ったことがありますか、ってことです。なにか怒らせるようなことをしましたか？」

「いや、そんなことはなかったよ」

　新太郎は首を横に振った。

　おどおどしながら出た最初の宴席だったが、すっかり面白さのとりこになった。以来、五年、ずいぶんお金と時間を費やしてきた。

「だったら言ってくださいよ」

「いいよ。だって、お前、忙しいんだろ？」

「いや、今日はまた、おあつらえむきに宴席は入っていませんし、内職でやっている傘張りも注文は途絶えてます。あんまり暇だから、日本橋に立って人の数でもかぞえようかなと思っていたくらい」

「馬鹿じゃないの。だいたいが、お前みたいなぺらぺらしゃべるやつに言ってしまったら、そこらじゅうに知れ渡るだろうが」

「あれ、若旦那。なにか、幇間という仕事を誤解していませんか？」

「なにが?」

「幇間というのはいつも秘密を知る立場にあるんですよ。秘密の会合、秘密の出会い、そんなのばっかりです。そこで耳にした話をぺらぺらしゃべってまわったら、たちまち信用を失い、お払い箱です。幇間は、これは言うなと言われたら、それこそ死んでも言わないものなんです」

「ああ、たしかにそうかもしれないな」

「だから、おっしゃってくださいよ。一人で悩むよりも解決策は見つかったりするものですよ」

「なるほど」

「でしょ?」

新太郎はじっと玉八の顔を見て、

「じゃあ、言うよ」

「ええ、どうぞ」

「変なところに毛が生えたんだ」

遠くのほうに視線を移して、思い出話でもするようにぽつりとそう言った。

「え？」

「だから、変なところに毛が生えたんだよ」

「どこです、変なとこって」

「それは言いたくない」

「変なとこって、まさか、足の付け根じゃないでしょうね？」

と、玉八は周囲を見回し、小声で訊いた。

「それは当たり前だろうが」

「ああ、そうですよね」

「誰も生えてないところだよ」

「ええっ？」

玉八は新太郎の顔をじろじろ見ると、さらには着物の袖をまくったり、襟元から背中をのぞいたりした。

「やめろよ。こんな往来で」

「別にないみたいですけど」

「それがあるんだよ」

「ちょっと口開けてみてくださいよ」

「あーん」

「あっ」

「なんだよ、口の中にも生えてきたのかよ！」

新太郎の顔が引きつった。

「いや、生えてません。ただ、喉が赤かったから」

「脅かすなよ。これで口の中にまで毛が生えてきたら、おれはもう終わりだろうが」

「何が終わりですか。それくらいで終わってたら、猿だの犬だのは皆、生きてませんよ。だから、心配しないで打ち明けなさいって」

「じゃあ、驚くなよ」

「驚きませんよ」

「ここじゃ駄目だ。あそこの水茶屋の奥に座ろう」

そう言って新太郎は水茶屋の奥の縁台に座ると、そっと足袋《たび》を脱ぎ、

「ここだ」

と、足の裏を見せた。

「げっ」

玉八は喉の奥が詰まったような声を出した。

二

新太郎の足の裏に、びっしり毛が生えていた。もじゃもじゃという感じで、長さも一寸くらいになっている。

「気持ち悪ぅ」

玉八は後じさりした。

「逃げるなよ」

「逃げやしません。うわぁ、ちょっとだけ触ってもいいですか？」

「いいよ」

玉八はそっと手を伸ばし、恐る恐る触った。

「なんだ、こりゃ。さわさわしますねえ。世の中にこんな気持ち悪い足の裏ってあったんですね」

「だろ?」

「でも、気持ち悪いことをするときって、一割か二割は快感も混じるんですね」

「そんなの知らねえよ」

「けっこう剛毛なんですね?」

感触が面白くなってきたらしく、玉八はいつまでも触っている。

「髪の毛みたいだろ」

「剃《そ》らないんですか?」

「剃ってるよ、毎朝。でも、すぐに生えてくるんだ。一日、剃り忘れると、もうこんなだよ」

「これじゃ、化け物ですね」

「あ、そういうこと言うんだ」

「なんだか、誰かに言いたくなってきますね」

「お前なあ」

「冗談ですよ。冗談に決まってるじゃないですか」

「これだから幇間というのは嫌なんだよ」

そう言って、新太郎は足袋をはいた。

「他に変なことはないんですか？」

「大丈夫みたいだ。手のひらもなんともないし、足の裏だけだよ」

「なんか、変なもの、食べませんでしたか？」

玉八が訊《たず》ねると、新太郎は急に殊勝な顔になって、

「食った」

と、うなずいた。

「何、食ったんですか？」

「あ、思い出したら……」

「気持ち悪くなってきた？」

「いや、また、食いたくなってきた」

「何なんです？」

「熊の手のひらってえのを食った」

「く、熊の手のひら？　食えるんですか、そんなもの？」

「なんでも唐土《もろこし》では殿さまが好んで食べるものらしい」

「あたしの知り合いに牛の目玉を飲んだやつがいますが、それと張りますね」

「あれ、手のひらと言いながら、ほんとは足だったのかもしれないな。なんせ、足だか手だか見分けはつかないからな。たしかに、おれもあれが原因のような気がする。でも、凄くうまかったんだよ」

「そんなものが？」

「ああ。もう一度、食いたいくらいだ」

「どこで食べたんですか、そんな変なもの？」

「洲崎《すさき》の先だよ」

「洲崎ってえと、深川の洲崎弁天のその先？」

「そう」

「海じゃないですか」

「その先のちょっとした浜に、夜だけ屋台が出るんだよ。そこで、ぐつぐつ鍋を煮ていてな。それを肴《さかな》に一杯飲ませるって店なんだ」

「若旦那はどんないい店だってちゃんとお金を払っていけるご身分なのに、なんでまたそんな怪しげなところに行くんですか。それはね、昔からあるんです。闇鍋てえやつですよ」

「闇鍋というのかい」

「はい。なにが入ってるかわからないんでしょ。いわゆるいかもの、げてもの。わけのわからねえもののごった煮ですよ」

「そうだよ。どんぶりに一杯盛るんだが、なにが入るかわからない。それがまたどきどきして楽しいんじゃないか」

「危ないなあ」

「毒は入れないらしいよ」

「当たり前ですよ」

「やっぱり食わせたところに行ってみるべきかな。そうすれば治る方法も教えてもらえるかもしれないしな」

「なるほど」

「そうだ、玉八。お前も付き合え」

「え」

「店のやつに文句を言うから、喧嘩《けんか》になったらいっしょに戦え」

「そんな」

「なんだよ、その顔は？」

「勘弁してくださいよ」

「お前、元相撲取りだろうが」

「相撲取りったって、あたしはふんどしかつぎの下の、ふんどし洗いのそのまた下の、ふんどしつくろいというやつだったんですよ」

「そんないい身体しててか？」

最高位の大関は無理としても、前頭《まえがしら》あたりにいてもおかしくないほどである。そこらで喧嘩をしても、四股《しこ》を踏んでみせるだけで、相手は逃げ出すに違いない。

だが、玉八は滅法、気が弱いのだ。

「ええ。自慢じゃないけど、角界一のごくつぶしと言われてました」

「じゃあ、喧嘩はしないから付き合え」

「あたしの仕事場は畳の上と決まっているんです。夜の浜辺なんて、幇間の行くところじゃありませんよ」

「お前、高尾山にも行ったじゃないか。あそこのどこに畳が敷いてあった。飛鳥山にぞうり脱いで上がったのか、この野郎」

「あら。でも、変なもの食うんでしょ。あたし、変なもの、駄目なんですよ」

「変なやつは変なもの食っても当たらないんだよ。そうか、そんなに嫌なら来なくてけっこうだ！」

「あ、若旦那。ちょ、ちょっとお待ちを」

新太郎が怒って歩き出すと、玉八はしょうがないなというようにあとを追った。

三

若旦那の新太郎と幇間の玉八は、洲崎の浜へとやって来た。

すでにあたりは暗くなっている。

月は三日月で明かりは乏しく、提灯《ちょうちん》を手にして足元に気をつけながら二人は浜辺を進んだ。

「あそこに、火が見えてるだろ。あれだよ」

低い位置に火があり、周囲にぼんやりと何人もの人影が見えている。

「へえ、いつ、できたんですか、あんな店?」

「いつというか、この何年か、お盆が終わってからしばらくのあいだやっては、いなくなるらしいんだ」

「店仕舞いしちゃうんですか?」

「どこか、よその土地に行くのかね? おれもくわしくは知らない。でも、材料が無くなったら終わりだとは言ってたな」

新太郎は酔っ払ってしまったので、話したことすらろくろく覚えていないのだ。

「若旦那。こんな店のことを誰に聞いたんですか?」

「うちの手代《てだい》で、このあたりに住んでいるやつに聞いたんだよ。気味が悪いけど、流行《はや》っている店があるって」

「若旦那は、気味が悪いとか、変だとかいう言葉に弱いからな」

「だから、お前とも付き合ってるんじゃないか」

そう言われると、玉八も納得してしまう。幇間はたいがい小柄な身体をしている。そのほうが、旦那が偉く、立派に見えるからだ。

旦那衆は、自分にへこへこ頭を下げる男を見ていい気分になるので、見上げるような大男からお世辞を言われてもあまりいい気持ちにはなれないらしい。「見下されている気分になる」と、言われたこともある。

だが、新太郎だけはそんなことも気にせず、しょっちゅう呼んでくれる。それはまさに、変なやつが好きだからだろう。

だったら、足の裏に毛が生えるくらいのことは付き合わなければならないだろう。

「どんぶり一杯、いくらするんです？」

「五十文。酒代は別だぞ」

「へえ。てんぷらそばより高いんですね」

「ま、いいから食ってみな」

と、新太郎は淡い提灯の明かりの中で笑った。

「いらっしゃいませ」

近づいた二人に、柔らかな声がかかった。

「へえ、店主は女ですか？」

玉八は驚いて訊いた。

「そうなんだ。別にそれが目当てじゃないぞ」

「ええ。若旦那の好みじゃないですよね」

歳のころは、二十七、八。ちょっと薄幸そうな美人で、明るくて蓮《はす》っ葉《ぱ》な女好みの新太郎が食指を動かす容姿ではない。

大きな鍋が煮立っている。こんな大きな鍋や材料を女がどうやって運んでくるのかと不思議だが、波打ちぎわに小舟があり、それで運んでくるらしい。

縁台も樽《たる》もないから、客はまわりの石に座ったり、立ったまま飲み食いしている。

明かりは鍋の下の薪《まき》だけだが、それぞれ客が持って来た提灯が周囲にいくつもあって、足元はそう危なくない。

「どんぶり二つ」

そう言うと、大きな柄杓《ひしゃく》で一杯すくってくれた。

「まずは食おう。それから酒だ」

新太郎はどんぶりを手にしたまま、鍋の近くの岩場に腰をかけた。

ずずっと汁をすすり、

「精がつくらしいぞ。この前、来ていた人足《にんそく》なんか、力仕事にはこれがいちばんだと言っていた」

玉八は、中身を箸で持ち上げてみたりして、なかなか口をつけない。

「薬食いとは違うんですか？」

「わからないよ。山と海の精霊がつまっているなんて言ってた人もいるし」

「ああ、野菜もいっぱい入っているんですね」

それで安心したのか、口をつけた。

「あ、うまい」

「うまいだろ」

「こりゃ、うまいですね」

手当たり次第に口に入れるが、

「あれ？」

玉八はふいに嚙《か》むのをやめた。

「どうした？」

「いま、口の中で動いた気がするんですよ。ほら、活《い》きのいい海老《えび》の刺身を食ったときみたいな、まだ生きてるやつを」

「そんな馬鹿な。あのぐつぐつ煮立った鍋の中で生きてるものなんかいるわけがないだろうが」

「そうですよね」

「おかみ。このしこしこしたやつはなんだろう？」

新太郎が箸で透き通ったシラタキみたいなものを持ち上げて訊いた。

「虎の腸《はらわた》のところだったかも」

おかみは首をかしげながら答えた。

「虎？　虎なんかこの国にはいないだろ？　朝鮮や唐土のほうにいかないといないって聞いたぜ」

「でも、海はつながってますからね」

おかみは暗い海のほうをちらりと見て、言った。

「虎だってさ、玉八よ」

「ええ。海はつながってるって」

「なんか、足の裏の毛なんか、どうでもよくなってくるな。これを食ってると」

「それで命がどうこうってわけじゃないですしね」

新太郎が横を見ると、見覚えのある男がいた。ギザギザ眉にぎょろ目。こっちを見た目も意地悪で、狡猾《こうかつ》そうである。

「あ、南念和尚《なんねんおしょう》じゃないですか」

この近くにある全満寺《ぜんまんじ》の和尚で、深川の有名人である。ひどいインチキ坊主だと言う者もいれば、本当の仏の教えに忠実なんだと慕う者も多い。

「よう。但馬屋の若旦那か」

「和尚さんは坊主でしょ。こんなもの食べていいんですか」

「悪いに決まってるだろ」

「は？」

「こんなものを食っているから生臭坊主とよく言われる。そんなことは言われたってかまわないが、仏のバチが当たるかもしれない」

「そうですよ。おれだって、ここで熊の手のひら食べて、足の裏に毛が生えてきたんですから」

「そんなバチはないな」

「違うんですか？」

「少なくとも聞いたことがない」

「じゃあ、どんなバチが当たるんですか？」

「わからんよ。だが、バチが当たると、仏の教えもはっきりしてくる。わしはそれを期待して生ものをよく食うんだが、当たらないな、バチは」

「そうなんですか」

「熊やへびを食ったからって、バチを当てるほど、仏の料簡が狭いわけがない。単に生きものの命を粗末にするなということだよ。皆、つながってるんだ。若旦那と熊も。わしとへびも」

「そりゃ、和尚とへびはつながってるかもしれませんが」

「だから、お前のもバチではない。なあ、おかみ？」

「はい。ただ、この鍋を食うと、不思議なものに憑《と》りつかれます」

「憑りつかれるぅ？」

新太郎の声が裏返った。

「そりゃ、バチよりも嫌だよ。変なものに憑りつかれるくらいなら、軽いバチを当ててもらいたいなあ」

「でも、そう長くなく消えるみたいだから、ご安心を」

おかみは、にっこり笑った。

「よう、若旦那。この野菜は、どれも近ごろよく見たものばかりだと思わないか？」

と、南念が言った。

「近ごろ見た？」

「ほら、なすやきゅうりに、ところどころ穴を開けたあとがあるだろ？」

南念にそう言われて、新太郎はどんぶりの中の野菜のきれはしをじっと見た。

「ほんとだ、ありますね」

「江戸ではそう盛んではないが、なすやきゅうりに箸や楊枝《ようじ》を刺して四つ足に見立て、霊の乗り物にして川に流してやるという習慣があるのさ」

「え？」

新太郎は玉八の顔を見た。

「ここって、お盆のあと、しばらくして出てくるんですよね」

と、玉八はつぶやいた。

「海はつながっているって言ったぞ」

背筋がぞくぞくしてきた。

いったいこの小舟と女はどこから来ているのか?

「じゃあ、この鍋の中身は?」

鍋は煮立ってぶくぶく言っている。なんだか鍋の底がずうっと深く、地中から湧いているような音である。

新太郎は立ち上がって、じいっと鍋の中身を見た。

混沌。

という言葉を思い出した。

四

四、五日して——。

但馬屋の若旦那の新太郎が玉八と永代橋《えいたい》の上で出会った。

玉八の元気がない。ちょっと痩せたかもしれない。ただ、巨体だから、すこし痩せても、樽の表面を削ったくらいのものである。

「おい、どうした?」

「ああ、若旦那。ちょっとね」

「宴席を休んだって聞いたぞ」

「あんまり騒ぐ気になれないもんでね」

玉八はため息をついた。

「悩みならおれに言えよ」

「若旦那に言うと、皆に知れ渡るじゃないですか」

「あ、このあいだ、おれが言ってたみたいなことを言ってるじゃないか。そりゃあ、おれは幇間じゃないから、面白い話はどんどん言ってまわるよ」

「ほらね」

「でも、そのほうがお前にとってもよかったりするんだよ」

「どうしてですか？」

「たとえば、病気で悩んでいたりする。おれがその話を方々で話せば、見舞いにもきてくれるし、医者が往診に来てくれたりもする」

「なるほど」

「お前みたいなやつは、誰かに助けてもらわないと生きていけない仕事だろ？」

「情けないけどそうですね」

「だったら、悩みや窮状は知れ渡ったほうがいいじゃないか」

たしかに新太郎の言うことに一理ある、と玉八は思った。

「うん、まあ、そうですが。わかりました、ここまでは言いましょう。じつは、変なところがふくらんできたのです」

周囲を見回し、小さな声で言った。

「変なところ？　足の付け根？」

新太郎も小さな声になって訊いた。

「そこがふくらんでいても当たり前じゃないですか」

「まあな。じゃあ、どこだよ？」

「うーん。気が進まないなあ」

「あ、足の裏か？」

「足の裏でもありません」

「だったら、当てるから、かんたんな手がかりみたいなものをくれよ」

「あたしにも、そんなものがあったのかというところですよ」

「え？」

「若旦那もないかな」

「なんだ、それ？」

「わからなくていいです。あたしはいまから洲崎の浜に行きますから」

「また、行くの？　やめたほうがいいぜ」

「いや、行きますよ。若旦那も付き合ってくださいよ」

「嫌だよ。もう行きたくない」

「だったら一人で行きますよ」

「お前、あんなに行くのを嫌がってたじゃないか」

「ええ、まあね。じゃあ、落ち込んでいるわけ、言っちゃいましょうか」

「そうだよ」

玉八は川の流れを見下ろしながらぽつりと言った。

「あのおかみに会いたくてね。じつは、ふくらんだのは、胸の恋ごころ」

「恋ごころぉ？　そりゃまた、柄にもないものを持ったもんだ」

「ほら、そう思うでしょ。でも、あたしはマジなんです。おかしなもんですよ」

「だが、わかる気がするよ」

あの、鍋の中身を見たとき、新太郎の気持ちの中に変な感情がわいたのである。毎晩、へらへらと遊び歩いていていいのか。生まれてきて、なにかほかにやるべきことはないのか。

柄にもなく、真面目《まじめ》に考えてみよう——そんな気持ちになってしまったのだ。

「じゃあ、いっしょに行きましょう」

「もういい。それに、たぶんもう、いなくなっているよ」

あの店はまた来年、やって来るのではないか。

そのとき、自分は今年よりもすこし大人になっているのだろうか。

「じゃあ、若旦那のその気持ち悪い足はどうするんですか？」

玉八が訊くと、新太郎は嬉しそうに言った。

「ふっふっふ。じつは二、三日前から白髪《しらが》になって、抜けてきた。もうじき、禿《は》げてなくなるに違いない」

第六席　すっぽんぽん

一

大家の三右衛門《さんえもん》が、路地に置いた梅の盆栽を愛《いと》おしそうに眺めていると、

「大家さん。ちょっと」

長屋の店子《たなこ》の熊八《くまはち》が妙な面持《おもも》ちでやって来た。

「どうした、熊さん？」

「うちの長屋に竹蔵《たけぞう》っていう新しく入ってきたやつがいるだろ？」

「ああ。あれはいい若者だよ。根付《ねつけ》の職人で、あたしは腕もかなりのものと見たね。お前たちとは違って、なんの騒ぎも起こさない。あんな楽な店子はいない」

「でも、変なやつですぜ」

「変じゃないよ。竹蔵が変だったら、お前だの寅蔵《とらぞう》だのは魔物だよ」

大家は、熊八とともにのべつ騒ぎを引き起こしている店子の寅蔵の名を出した。

「魔物はひでえや」

「竹蔵は、この長屋に引っ越してきたときに、『ふつつか者ですが、どうかよろしくお願いいたします』と、こう挨拶したんだよ。こんなちゃんとした挨拶をしたのは、うちの長屋にはほかに一人もいないよ」

「それくらいのことは、あっしも言ったはずですがね」

「嘘をつけ。お前は最初に引っ越してきたとき、『大家さん、命が惜しかったら、店《たな》賃《ちん》の催促は、なしにしませんか』と言ったんだよ」

「え、そんなたわけたことを言ったんですか。あっしもまだ若かったから」

「お前が越してきたのは去年じゃないか」

「ま、あっしの話はともかくとして、竹蔵は変なやつです」

「変じゃない」

「そんなにかばうなんて、大家さんも変だなあ」

「あたしも変じゃない」

「どこかの女に産ませた隠し子なんじゃないですか？」

「馬鹿なこと、言ってんじゃないよ」

「じゃあ、訊《き》きますが、生きたすっぽんに嚙《か》みついて、放さないやつがいたら、変じゃないですか？」

「ちょっと待ちなさい、熊さん。逆だろ？　すっぽんに嚙みついたんじゃなくて、嚙みつかれたんだろ？」

「いや、人間のほうがすっぽんに嚙みついたんです」

「そりゃ変だよ」

「変でしょ。いま、竹蔵がそうやってるんですよ」

「そんな馬鹿な」

「嘘だと思うなら、見に来てくださいよ」

と、熊八は先に歩き出した。

大家というのは、長屋の持ち主ではない。遠くにいる家主に頼まれ、長屋の面倒を見ている、いわば管理人である。

三右衛門は路地を出たところにある木戸の番をしながら、十二軒入っている長屋の大家を兼ねていた。

「どおれ」

と、路地の奥に行ってみると、

「ほんとだ」

目を丸くした。

すっぽんを横から咥《くわ》え、がっぷりと食らいついているのは、まぎれもない店子の竹蔵である。すっぽんのほうはわけもわからず宙に浮かされ、身動きも取れずに手足をばたつかせていた。

ほかにも長屋の連中が外に出ていて、竹蔵を呆《あき》れた顔で見守っている。

「ね、大家さん。ちっと気がおかしくなったんですかね」

と、さっき名前を出した寅蔵が訊いてきた。

「いや、この人はそんな人ではないよ。気がおかしいと言ったら、寅さん、お前のほうがよっぽどおかしい。お前、昨夜も長屋の屋根にのって、四股《しこ》を踏んだだろ。あれほど、屋根の上で四股を踏むなと言ってるのに。屋根が抜けるだろうが」

「どういうんですかね。あっしは満月を見るとかならず、屋根の上で四股を踏みたくなるんですよ」

「そのほうがよっぽど変だよ」

「生き血を吸ってるんですかね。すっぽんの生き血って飲みますでしょ？」

と、熊八が訊いた。

「飲むけど、それをやっているふうには見えないね」

「じゃあ、生のすっぽんがうまいんですかね？」

「どうかな。うまいまずいで言えば、もっとおいしく食べる方法はあるだろう。なにも、こんなふうにして食う意味はないよ」

「そうですよね」

「竹蔵さん。あたしだよ。大家だよ。わかるかい」

大家の三右衛門は、声をかけた。

竹蔵は、訊かれても食いついたままで答えられないらしいが、軽くうなずいたので、いちおうわかったのだろう。

だが、それどころではないといった顔つきである。

「何も答えたくないってかい？」

そう訊くと、うんとうなずいた。

「このすっぽんは、どうしたんだ？」

と、大家の三右衛門は、周りにいた店子たちに訊いた。

「あっしが、そこで見つけたんです」

寅蔵が路地の向こうを指差して言った。

この長屋は、不忍池《しのばずのいけ》のすぐ近くにある。

長屋の店子たちはよくそこらをぶらぶらしているが、すっぽんを見つけるのはめずらしい。不忍池は寛永寺《かんえいじ》の境内《けいだい》というので、殺生《せっしょう》禁止、釣りも駄目だが、草むらを歩いていたのを拾うくらいは文句も言われない。

「これは向こうにあるすっぽん屋にいい値で売れるぞと、喜んで持ってきたら、こいつがいきなり摑《つか》んで、がっぷり喰らいつきやがったんです。止める間もありゃしないし、なんだか目が据わっていて、気味が悪いので、こうやって落ち着くのを待っているところなんでさあ」

「いったい、どうしちまったんだろうねえ」

大家も不思議そうに首をかしげた。

二

長屋の連中というのは、好奇心旺盛である。

ちょっと変わったことが起きると、すぐにあれこれ詮索を始める。

「ただ、歯が痒《かゆ》いだけなんじゃねえか」

「馬鹿。歯が痒いからってすっぽんに食いつく理由になるか」

「腹が減って思わず食いついたけど、生のすっぽんだというのに気づいて、いま、愕《がく》然《ぜん》としているところなんだよ」

「なるほど、そういうときってあるよな」

「ねえよ、そんなときなんか」

ああだこうだ言っているうち、店子の一人で版木《はんぎ》職人の伊作《いさく》が、ぽんと手を叩き、

「そうか。わかった」

と、大声を上げた。

「なんだい、伊作さん？」

　大家が訊いた。

「鼈《すっぽん》という漢字があるんでさあ」

「すっぽんに漢字なんかあったかい？」

「あるんだな、これが。あっしは、仕事で一度だけ、その漢字を彫ったことがある。誰の戯作《げさく》だったか忘れたけど、とにかくこれが難しい漢字なんだ」

「ほう」

「いま、書けと言われても、あっしには絶対に書けねえ。こう書くんだと、手を取って教えられても書けねえ。毎日、百回ずつ練習しても書けねえ。あれは、この世でいちばん難しい漢字かもしれねえ」

「へえ。そんなに難しい漢字があるのかい」

「野郎はきっとそれが読めなかった。根付の職人なんでしょ。あの、煙草《たばこ》入れとかにくっつける、小さな象牙《ぞうげ》の細工物のことですよね？」

「ああ、そうさ」

「それでね、依頼主がこれを彫っておくれと、紙に書いたものを置いて行ったんだよ。

あ、そうだ。鼈という漢字は、竈《へっつい》という漢字にも似てるんだ」

「へっついに漢字なんかあったかね」

大家も恥ずかしそうな顔をした。

長屋のどこの家にもあるかまどのことである。毎日使っていても、これを漢字で書ける者は、おそらく長屋には一人もいないだろう。

「あるんでさあ。これがまた、鼈にまさるとも劣らないくらいに難しいんだ。なんだか、一字だけでも、ゴミが詰まったゴミ箱みたいなんだよ。もし、鼈と竈が並んで歩いていたりしたら、ぶんぶんハエがたかって大変だ」

「並んで歩かないよ」

「それで、竹蔵のやつは、すっぽんと間違えて、へっついを彫って持って行ったんだ。竹蔵、これはいったいなんだいって。え、へっついですけど。あたしが頼んだのは、すっぽんだよ。いったい、どこにへっついの根付なんか頼むやつがいるんだいって、大恥をかいた。そこにたまたますっぽんが日に入ったものだから、竹蔵は悔しくて、いきなり噛みついたってわけで」

伊作がそう言うと、

「そんなもの悔しくもなんともねえよ。おれはこの前、山という字を川と読んで、大いに喜ばれたもんだ」

熊八は自慢げに言った。

「お前とは違うんだよ。なあ、竹蔵？」

大家がそう訊《たず》ねると、竹蔵はすっぽんを咥えたまま、ふんと鼻を鳴らした。

どうやら、まったく違う理由らしい。

このやりとりを聞いていた左官の弥七《やしち》が、

「悔しくて嚙みついたっていうのは、おれもありだと思う。おれが思うに、これは月とすっぽんだな」

と、偉そうな口調で言った。

「なんだい、それは？」

大家が訊いた。

「竹蔵は根付の職人というけど、あいつが彫ったという根付を誰か見たことがあるか？」

弥七が見回すと、皆、首を横に振った。

「だろ？　こいつ、根付の職人とか言ったけど、ほんとは左官なんだよ」

「なんだな。それじゃあ、お前といっしょじゃないか」

と、大家が呆れたように言った。

「そう。この長屋に来てみたら、左官の世界ではちょいと名の知れた弥七さまがいた。うっかり、自分も左官だなどと言おうものなら、腕の悪いのを見破られて、恥をかいたりする。それで、つい、根付の職人だなんぞと言ってしまったのさ」

「ふうん。なんだか、変な話だけど、それが月とすっぽんとは、どう結びつくんだい？」

「それだよ、大家さん。昨日、竹蔵は仕事の現場に行ったのさ。そうしたら、隣の現場というのが三井《みつい》の蔵だったのさ」

「ほう」

「あの三井の蔵だよ。来ている職人も超一流だ。あいつはたまたまその隣で仕事をしていた」

「やっぱり蔵の壁か？」

「蔵の壁だったら、あいつも比べられたって、とくに屈辱を感じたりはしないさ。あいつが塗っていたのは、長屋の厠《かわや》の壁だったんだ」

「うゎあ、それは嫌だな」

「嫌だよ。また、こういうときというのは、底意地の悪いやつがどこからともなく現われるんだよ。そいで、二人を見て、こりゃあ同じ左官でも月とすっぽんだよな、と、へらへらっと笑った。それで、今日、すっぽんを見たら、その屈辱がよみがえって、思わずぱくりと」

弥七は自分もぱくりと口を開けた。

「あんただろ、その底意地の悪いやつってのは。月とすっぽんなんてのも、あんたが言ったんだ」

と、大家は疑いの目を向けた。

「違うよ、大家さん。おれじゃねえって。だいたい、いまのはぜんぶ、おれの話だから」

「は？　あんたの話？　弥七が仕事の現場で月とすっぽんだって言われたの？」

「そう。言われちゃったの」

弥七は情けなさそうに、力なく笑った。

「それで、なんで竹蔵がすっぽんに噛みつかなくちゃならないんだい?」

「ねえ。だから、おれもわけのわからねえことをするなあと思って」

「駄目だ、こりゃ」

大家は頭を抱えた。

三

「ちょっと、待った、大家さん」

と、言ったのは、やはり長屋の住人で、易者《えきしゃ》をしている正眼堂《せいがんどう》という男だった。

「なんだい、正眼堂さん?」

「あたしは、昨日の夕方、この人が池《いけ》の端《はた》のふぐ屋の前にいたのを見かけたよ」

「ふぐ屋?」

すっぽんとふぐ。どちらも寒いときにおいしい食べもので、暦の上で春になったが、まだまだ食べる人は多い。

だが、すっぽんに噛みつく理由がふぐにあるとは、まるで想像できない。

「おい、ちょっと、ちょっと」

そう言ったのは、棒手振《ぼてふ》りの信太《しんた》である。

「どうした、信太？」

「おいらも見かけたよ。この人は、夕方、すっぽん屋の前にいたぜ」

「すっぽん屋の？　それはおかしいな。正眼堂さんはふぐ屋の前で見かけ、信太はすっぽん屋の前で見かけた。いったい、何をしていたのだろう？」

大家は首をかしげた。

するとと突然、

「わかった」

と、正眼堂が大声を上げた。

「ふっふっふ。ねえ、大家さん。竹蔵ってのは、おとなしそうな顔をして、意外に悪《わる》だよ」

「なにを言ってるんだい？」

「大儲《おおもう》けを企《たくら》んだのさ。うまいねえ、やるねえ」

「さっぱりわかんないよ」

「いいですか、大家さん。竹蔵はまず、ふぐ屋に行って、こんなことを言うんですよ。今日、友だちを十人ばかし連れて、ふぐを食べたいと思っているんだけど、すっぽんにしようか迷ってるんだよなあ。もし、この店にすっぽんの鍋があれば、こっちにしようかなあとね」

「ほう、それで？」

「次に、すっぽん屋に行って、また、同じようなことを言うんです。友だちを十人ほど連れてきて、すっぽんを食いたいんだけど、ふぐが食べたいと言い出すやつがいるんだよなあ。もし、ふぐ鍋があれば、こっちにするんだけどなあって」

「ふむふむ」

「それから、竹蔵はちょいとした変装をするわけです」

「変装？」

「なあに、小さな頭巾《ずきん》をかぶり、つけ髭《ひげ》をして、ふくみ綿を入れる程度のことです。あたしがいつもやっていることでね」

「あんた、そんなこと、してるの？」

「それで、ふぐ屋で火を入れるだけにした鍋を百五十文ほどで買って、これをすっぽん屋に持っていくんです。火を入れるだけですむふぐ鍋はどうですかって。あるじは、さっきの言葉が頭に残っていますので、そうか、すっぽんだけ食べていると飽きがくるし、これはいいなとこれを買うわけです。いくらだい？　そうですね、おまけをして二百文というところでどうでしょう？　二百文は高いよ。うちじゃすっぽん鍋を百六十文で出しているんだ。じゃあ、こうしようか。そのふぐ鍋と、うちのすっぽん鍋を交換しようじゃないの。それでどうだい？　と」

「したのかい？」

「そりゃあ、しますよ。百五十文のふぐ鍋が、百六十文のすっぽん鍋に化けるんですから」

「まさか、それをふぐ屋に持って行くんじゃないだろうね？」

「当たり。持って行くんですよ、これが」

「そりゃあ、売れないな」

と、大家は冷たく言った。

「どうしてです？」

「だいたい、ふぐ屋で鍋をつくってもらい、買っていなくなったんだろ？」

「ええ」

「それで、次にすっぽん鍋を持って、ふぐ屋にやって来たわけだ」

「はい」

「こいつ、さっきのすっぽん屋に売って来たなと思うぞ」

「思いますかね？」

「いくらで売るんだい？」

「そりゃあ、手間暇がかかってますからね、二百文くらいはもらわないと」

「売れないと思う」

「そうですよね。売れませんよ。だいたい、そんなこすっからい商売が通るわけがない」

　と、正眼堂は憤慨して言った。

「お前が考えたんだろうが」

「そりゃそうです」

「でも、すっぽん鍋は手にずっと持ってるんだろ。どうするの、それ？」

「すっぽん屋に持って帰って、引き取ってもらいますか？」

と、正眼堂はさもすっぽん鍋を手にしたような恰好《かっこう》をしながら言った。

「じゃあ、そうしてみな。すっぽん屋にもどって来たよ。やっぱりすっぽんは売れないので、引き取ってもらえますかってね。でも、そこらじゅう持ち歩いてきたすっぽん鍋だよ。ああ、そうですかと引き取るか？」

「あたしなら、引き取らないね」

「だろ？」

「すっぽん屋は、じゃあ、なんとか儲けを出すのに、しょうがないから七十文で引き取るよって、そんなところかな」

と、正眼堂は言った。

「引き取ってもらうか？」

「だって、ずっとこうやって持っているわけにはいかないでしょう？　七十文もらって、毎度、どうもと」

「あんた、いくら儲かった？」

と、大家は正眼堂に訊いた。

「え？　最初にふぐ屋で百五十文を払って、ふぐ鍋を買い、これをすっぽん屋に持って行ったら、百六十文のすっぽん鍋になりました。この時点で十文の儲け。そのすっぽん鍋をさらに七十文で売ったから、つごう八十文の儲け……」

そうは言ったが、語尾に元気がない。

「そう。だから、竹蔵は、自分の損の腹いせに、すっぽんに食いついているんじゃないですか」

正眼堂は怒ってそう言った。

「ううむ、これも駄目だな。いいよ、いいよ。あたしが二つの店を回って、ちょいと事情を聞いてくるよ」

大家はそう言って、出かけて行った。

四

半刻（約一時間）ほどして――。

大家がもどって来た。

竹蔵はまだすっぽんを咥えたままだが、顎《あご》も疲れてきたのだろう。なんとなく元気がなく、路地の隅に置かれた樽《たる》に腰をかけていた。

あとは、井戸端で洗濯をするおかみさんたちが何人かと、今日は仕事がなくて暇そうな熊八と寅蔵がいるだけだった。

「だいたいのところがわかったよ」

「え、わかったんですか？」

と、皆が大家の周りに集まってきた。

大家は竹蔵をちらりと見て、軽くうなずいた。その視線には、同情がこもっていた。

「昨夜、竹蔵はふぐ屋とすっぽん屋のあいだを行ったり来たりしていた。それは、どうやら惚《ほ》れた女と飯を食うのに、どっちにしようか迷っていたみたいなのさ」

と、大家は切り出した。

「どっちもいい値段がするからな」

熊八がうなずき、

「そうだよ。百五十文に、酒をつけたり、飯をつけたりしたら、一人、二百文はいっちまう。女だったら、払わせるわけにはいかねえ。四百文の出費となれば、それはどっちにしようか迷うところだよ」

寅蔵も理解を示した。

「竹蔵は迷ったが、すっぽんを選んだ」

「すっぽんだったか」

「女のほうもすっぽんなんて食べるのは生まれて初めてだったから、それは嬉《うれ》しそうだったらしいよ」

大家がそう言うと、長屋の連中もいっせいにうなずいた。

「ところがそこで可哀《かわい》そうなことが起きたのさ」

「なんだよ。おれ、可哀そうな話、苦手なんだよ。いまから泣くぞ」

と、熊八は目がしらを押さえた。

「女はめずらしそうに、すっぽんを入れていた水甕《みずがめ》に手を入れたのさ。その途端、すっぽんがぱくりと女の指に食いついた」

「あらあ、やだあ」

女たちから悲鳴が上がった。

「すっぽんて一度食いついたら、死んでも放さないらしいね？」

と、寅蔵が恐々《こわごわ》と訊いた。

「いや、水に入れればすぐに放すらしいんだが、そんなことは女も竹蔵も知らないから、痛い痛いとわめくばかり。竹蔵がすっぽんをつかんで引っ張るが、それじゃあとても放れない」

「店の者はいなかったのかい？」

「あいにく店の者は、二階にいたほかの客の鍋にかかりきりで、なかなか降りては来られなかったらしい。そこに、誰かほかの客が、すっぽんは池に帰りたがっているんだなどと言ったから、女は不忍池の縁まで駆け出した。ところが間の悪いことに、女はそこでつるりと滑って、池にざぶん」

「あらあら」

「上がってきたときには、すっぽんは放れていたが、女の気分は最悪だ。竹蔵さんが変なもの食べさせるなんて言うからいけないんだと、怒って帰ってしまったのさ」

「なるほどねえ」

と、熊八はうなずいたが、

「ちょっと待ちな、大家さん。だからといって、なにも寅蔵が見つけてきたすっぽんに復讐《ふくしゅう》しなくてもいいじゃねえか。寅蔵のすっぽんが、その娘ッ子を噛んだすっぽんだとは限らねえだろ」

「それがさ。そのすっぽんは、娘を噛んだすっぽんかもしれないのさ。店では仕入れた日がわかるように色違いの糸を足に結んでおくんだけど、昨夜のやつはたしか、赤い糸を結んでいたはずだって」

寅蔵が、竹蔵にそっと近づいて、咥えているすっぽんを見た。

「あ、ほんとだ。赤い糸が結んであるよ」

「竹蔵さん。あんた、この糸を見て、昨夜、女に食いついたすっぽんだってわかったんだね？」

大家が訊くと、竹蔵はうなずき、涙をぽろぽろと流した。

「ほらね。しかも、すっぽん屋のおやじに愚痴った話だと、竹蔵はその娘にもう三年のあいだ、岡惚れしてたらしいのさ」

「三年も」

「しつこいな」

「すっぽん並みだよ」

「それがすっぽんのせいで女にふられるなんて、鶴屋南北《つるやなんぼく》も真っ青の因縁話だ」

「そうか」

「そうだったのか」

熊八と寅蔵はあきれた。

と、そこへ――。

「あのう」

と、可愛《かわい》らしい十七、八の娘が顔を出した。

「なんだい？」

「この長屋に、根付職人の竹蔵さんは？」

「いるよ。おい、竹蔵さん」

大家がぼんやりしていた竹蔵に声をかけた。

「あ、お里《さと》ちゃん……」

竹蔵がそう言ったので、すっぽんは口からはずれ、地面に落ちた。痛かったのと、ようやく解放された喜びからか、地面の上で手足をばたばたいわせている。

これには大家たちも、当の娘が来たのだとすぐに見当がついた。

「ごめんね、竹蔵さん。昨夜はあんなに怒ったり、泣いたりしてしまって」

「なあに、おいらもよく注意をせずにすまなかったな」

「ううん。みんな、すっぽんのせいで、竹蔵さんのせいなんかじゃないよ」

「だから、おいらは今日、この長屋の人がつかまえてきた昨夜のすっぽんに嚙みついてやったのさ。お里ちゃんの仕返しにな」

「まあ。すっぽんもさんざんだったね」

すっぽんのほうも、今度こそ捕まったら大変だと、池に向かって必死に這《は》っていく。

「ほら、背中に歯形までついてるだろ」

「ほんとだ」

娘は笑った。

長屋の連中も、竹蔵と娘がいい感じになってきたので、ようやくからかうようなことも言い始めた。

「でも、竹蔵はかわいそうだったねえ。せっかく奮発して、ごちそうを食べさせようと思ったら、ふられちまうし」

大家がちらりとお里を見て言った。

「あら、ふられただなんて」

お里は目を丸くした。

「三年も岡惚れして、一晩でぱあだろ」

「そんなこと」

「昨夜は、いっしょになってくれとか言うつもりだったんだろ？　なあ、竹蔵？」

「まあ」

お里は竹蔵を見ると、竹蔵は赤くなってうんとうなずいた。

「すっぽんは罪なやつだね」

大家がそう言うと、

「いいんです」

と、お里は言った。

「いいんですって、なにがいいんだい？　竹蔵はちっともよくないよ」

大家がそう訊くと、お里は恥ずかしそうに顔を真っ赤に染め、意外に大胆なことを嬉しそうに言った。

「お詫《わ》びにあたし、今夜は竹蔵さんの家で、すっぽんぽんになっちゃうから」

第七席　人喰い村

一

江戸から北西に十四、五里――。

山奥の村に人を喰う巨大な化け物が現われた。

どこから来たのか、何者なのか。村でただ一つの寺に残っていた古文書によると、どうも千年近く眠っていたのが、まるで冬眠から覚めたみたいに起き出したらしい。兄は京に近い大江山《おおえやま》に棲《す》むという記述からすると、あの酒天童子《しゅてんどうじ》の弟か妹に当たるのだろうか。

化け物は何度か人界に現われ、大勢の村人をさらった。去年の暮れまでには、村人の半数近くがいなくなっていた。

そこへ、一人の英雄が現われ、捕まっていた人たちを助け出した。七人ほどはすでに喰われていたが、四十五人は無事だった。てっきり捕まった全員が死んだと思っていた村人たちは大喜びだった。

だが――。

新たな悲劇が、そこから始まったのだった。


「おやぶーん、鮫次《さめじ》親分！　こっちですよ、こっち」

谷川沿いに歩いてきた深川の岡っ引きの鮫次が、その声で顔を上げた。崖の途中にある岩場で、若者が手を振っていた。

「おう、やっと着いたか。ここはまた、たいした山奥だな」

鮫次は川の両側を見回した。江戸より半月ほど早く、紅葉が始まっている。

「こんな山奥だもんで、お役人はだぁれも来やしません。まさか、江戸で有名な捕り物名人が来てくれるなんて、村人一同、天照大神《あまてらすおおみかみ》が現われたとき以来の喜びようですだ」

「天照大神、出たのかよ」

「いや、まあ、それはだいぶ昔の話ですから」

岩場まで上ると、さらに山奥へつづく道を、鮫次は若い男といっしょに歩き出した。若者の名は熊蔵《くまぞう》。なんでも鮫次の甥《おい》っ子に当たるらしい。

「まったく親戚などというのはどこにいるかわかったもんじゃねえよな。おいらのおやじがまさかこんな山奥で子どもつくってるとは思わなかったよ」

「しかも双子」

「え、双子なのかよ？　それも初めて聞いたぞ」

「母親から昨日、聞いた話だと、双子のかたわれは江戸に行って、深川で岡っ引きをしているって……あれ？」

熊蔵は鮫次を指差して、首をかしげた。

「お前、わけわかんねえこと言うなよ。それ、おいらってことになるだろうが。事件の謎《なぞ》を解く前に、自分の出生の謎が深まるってまずいだろうが」

「すみません。話が混乱しているみたいで」

「いったい、何が起きたんだ？」

「ええ。だいたいのことは書状に記したとおりなのですが」

「この書状のことか。これ、読んでもちっともわからねえよ。……おた、おた、おたすけくだせえ。◯けものは、しんでも、ひとはくわ◯る。すでにしちひき、もといしちにん、くわ◯てしす。あわ、あわ……これで何わかれっていうんだよ」

「すみません。動揺していたうえに、書けない字も多いものですから」

「◯って書いたのは書けない字か。あわ、あわってなんだよ」

「いや、あわてたようすを書くと、すぐに駆けつけてくれるかと思って」

いちおうこずるい技法は駆使したらしい。

「この書状を持ってきた飛脚《ひきゃく》にかんたんな事情は聞いたが、もう一度、ちゃんと話してみな」

「はい。じつはこれこれこういうわけで」

と、熊蔵は村で起きたことを語った。

「なんだって。化け物がいなくなっても、まだ人が食われつづけているって？　もう、七人も食われたってかい？」

「昨日も食われて死んだ者がいます」

「ううむ。昨日もな」

「それじゃあ、まず、遺体を見ていただきたいんで」

ちょうど山道が終わり、視界が広がった。

ここは小さな盆地になっているらしく、家が三十軒ほど点在しているのが見えた。高地なので米はできず、そばや稗《ひえ》、粟《あわ》などをつくり、蚕《かいこ》を飼って絹をつくったり、櫨《はぜ》からろうそくをつくったりして年貢《ねんぐ》としておさめているという。

昨日の死体がある家を訪れた。

「こちらは、おらの叔父《おじ》に当たる人で、江戸で捕り物の名人として知られている鮫次親分だ。ねずみ小僧も石川五右衛門も白波五人男も皆、この親分が捕まえたんだぞ」

熊蔵は純朴そうな顔をしているわりには、たいしたホラ吹きである。

鮫次は「やめろ」という合図で、熊蔵の袖を引き、

「そんなことより、遺体を見せてもらうぜ」

と、早桶《はやおけ》をのぞいた。

「げげっ。なんだ、こりゃ」

遺体は、左右の前腕と、これも左右のふくらはぎのところが食いちぎられたみたい

になって、骨がのぞいていた。ぱんぱんに肥《ふと》って、それが前腕とふくらはぎのところだけ骨になっているのは、かなりおかしな身体つきに見える。

「血まみれになって、そっちの裏山で倒れていました。食われているうちに、出血で死んだみたいです。八人とも、こういう死に方でした」

と、熊蔵が鮫次に言った。

鮫次はあまりのおぞましさに鳥肌を立てながら、

「まだ、いるんだろうが、その化け物が」

と、周囲を見回した。

「いや、いませんて。あの凄いお人が退治して、『もう化け物は死んだ。安心して暮らすがよい』って言ってくれたんですから」

「誰だよ、その凄い人ってのは?」

「ええと、宮本武蔵《むさし》」

「宮本武蔵だと?」

ずいぶん大昔の人ではないか。

「いや、椿三十郎《つばきさんじゅうろう》」

「椿三十郎？」

聞いたことがあるような、ないような。

「あ、ちょっと名前は忘れました」

「忘れるなよ。村の恩人だろうが」

「なにせ、あたしらも呆然《ぼうぜん》となってしまったくらい、あっという間にやっつけてしまわれたので。以来、ずっと聞こえていた化け物の鼻息や寝息もぴたりと途絶えています。いまは静かなもんです。ほらね」

たしかに、村は静かで、方々で小鳥たちのさえずりも聞こえている。化け物がいたら、鳥たちだって何かを感じて、さえずってなどいられないかもしれない。

「きっと化け物の子どもがいるんだよ。まだ、かわいらしいんだ。小鳥も怖がらないくらいに」

鮫次はそう言った。だから、人もまるごとは食べず、前腕とふくらはぎだけを食べて逃げてしまうのではないか。

だが、熊蔵は首を横に振った。

「子どもはいませんよ」

「なんでいねえってわかるんだよ」

「ずっと独り者でしたよ。どうやって子どもつくるんですか？」

「……人とまじわったんだろうよ」

犬や狐《きつね》の子を産んだなどという話は、ときどき江戸でも出回る。

「親分。それは無理だ。化け物を埋めたところはもう少し向こうです。ちょっと行ってみましょう」

鮫次は盆地の外れの、小高い丘に案内された。化け物の墓にするには勿体《もったい》ないくらい景色のいいところである。

「まったく、こんな穏やかな村にな」

「ここです。ここに埋めたのですが、頭はだいたいここらでした。それで足がですね、ちょっと待ってくださいよ……親分、このあたりです」

熊蔵は十間（十八メートル）ほど向こうに立って、地面を指差した。

「化け物はオスか？」

「確かめたやつはいないと思いますが、たぶん」

「まあ、妹だったら、兄の酒天童子がこんな山奥に一人で置いておかねえわな」

「なるほど、すごい推察力ですね」

「オスだとしたら無理だわな」

象はみたことがないが、まず間違いなく象より大きい。化け物が人の大きさだとしたら、人とまじわるのは仔犬を嫁にするようなものだろう。

「ははあ、無理ですね」

「じゃあ、あの遺体はなんなんだよ？」

「それを解き明かしてもらいたいんですよ」

と、熊蔵は鮫次にすがりつくように言った。

二

鮫次はひとまず熊蔵といっしょに、村をざっと一回りしてみた。それから、化け物が棲んでいたという家にも行ってみたが、ここは名も知れぬ英雄が化け物を斬《き》るときに火を放ったそうで、一面、焼け跡になっていた。

「たしかに、化け物の気配はねえな」

で、その家を訪ねた。

「だったら、誰が食ってんだよ？　まずは、生き残りの話を聞くしかねえな」

百姓の甚兵衛《じんべえ》はなかなか学もあり、ちゃんとした話ができるのではないかというので、その家を訪ねた。

甚兵衛は、恐ろしい体験をしたのが嘘のように、よく肥えて、血色のいい顔をしていた。だが、気持ちのほうはまったく立ち直っていないらしく、

「化け物のことを訊きてえのですか。あの化け物のことを？」

と言い始めたらもう、激しく震え出した。

「その化け物は初めて見たのかい？」

「初めてですよ、もちろん。あんな恐ろしいものは、生まれてこの方、初めて見ましたよ」

「名前はあるのかね、その化け物に？」

「名前？　そんなものは知りません。ありゃ、化け物という他ありませんよ。あっ、思い出しただけで、駄目だ、震えが止まらねえですだ。お、お、親分さん。なんかに摑《つか》まらせてもらえませんか。親分の手、握ってもいいですか」

と、鮫次の手を取った。

「いいけど、おめえ、変な趣味はねえよな。握るのは手だけにしてくれよ」

「冗談言ってる場合ではありませんよ」

「それで、化け物に何かされたのかい？」

「おらたちは、小屋に入れられました。長い小屋で、そこに五十人くらい入ってました」

「小屋なんかあったのか」

「あの強いお侍さんが化け物を斬るときに火をつけましたから、ぜんぶ焼けてしまいましたが……」

「どんな小屋だった？」

「細かく区切ってあるんです。立ったりはできません。ずうっと横になってるだけです。それで、ときどき上から指を入れてきて、身体をつまむんですよ。肥り具合を確かめるみたいに。おらの隣にいた作次郎《さくじろう》は、ぱんぱんに肥えていて、ひょいと持ち上げられてしまいました。たぶん、作次郎は食われてしまったんです。あっ、あっ、ああ、怖い」

と、鮫次に抱きついた。

「おい、ちょっと、離せってば。わかった、もう訊かねえよ。落ちつけって。駄目だ、話にならねえな。誰か、別のやつにしよう」

ようやく甚兵衛を引き剝《は》がして、鮫次と熊蔵は外に出た。

隣の家の婆さんも連れ去られた組だったというので、そっちを訪ねた。

この婆さんも、はち切れそうに肥えている。

「あたしゃ、あんな恐ろしい話はうまく話せませんよ」

「うまく話さなくていいんだ。区切られた小屋に入ってたんだってな？」

「そう。それで、朝から飯食え、飯食えって」

「化け物がしゃべんのか？」

「いや、しゃべりません」

「じゃあ、わからねえだろうが」

「あたしらが入っている小屋の前に来て、同じ飯をいっしょになって食うんですよ。ぱくぱく、むしゃむしゃ、ぱくぱく、むしゃむしゃって。最初は化け物の出す飯なんか食いたくなかったけど、あたしらもそれ見てたら腹減ってきて、ぺろぺろ、もぐもぐ、ぺろぺろ、もぐもぐって、食べ始めたわけです。これがまた、いままで食ったことないほどうまい飯なんです。なんとも言えねえ旨味《うまみ》があって、ちょっと辛いところも食欲をそそるんです。向こうは、ぱくぱく、むしゃむしゃ、こっちでぺろぺろ、もぐもぐ」

「ずっと食ってるみてえだな」

「ずっと食ってるんですよ。狭い小屋で、あんなにうまいものをたらふく食ってた日には、すぐ肥ってしまいますよ。ぶくぶく、ぼてぼて、ぶくぶく、ぼてぼてしてくるんです。そうすると、化け物が上の蓋《ふた》を開けて、持っていくんです。肥れば食われることはわかったんですが、もう、あたしはどうでもよくなって、ばくばく、がつがつ、ばくばく、がつがつ、食いつづけました。それで、むくむく、ぱんぱん、むくむく、ぱんぱん。あとのことはいっさいわかりません。ただ、食うだけ。なんだか、盆と正月がいっしょに来たみたいでした」

最後は嬉しそうに言った。

「なんだな。もうちっと、ちゃんと見ていたやつはいねえのかよ?」

と、鮫次は熊蔵に訊いた。

「賢いのはいるんですが、まだ、子どもで」

「いや、賢い子どもは大人なんかよりはるかにいろいろ見ているもんだぜ」

「じゃあ、ちょっと離れてますが行きましょう」

離れているとは言っても狭い村である。

せいぜい永代橋を渡るくらいしか歩かないうちに、その家の前までやって来た。

「賢作《けんさく》、いるか?」

窓からこっちをのぞいた。

「大丈夫だ。江戸の捕り物の名人が来てくれたんだ。ちっと、話を聞かせてくれ」

「捕り物名人……?」

外に出てきた賢作は、いままで会ったような村人とはまるで違った。

「おや? おめえは痩せてるな。飯いっぱい食ってたんじゃねえのか?」

と、鮫次は訊いた。

「うん。途中まではうまい飯だと思ってたけど、食う気がなくなったんだよ」

「どうしてだ?」

「稗とか粟の飯でほんとはそんなにうまいはずねえんだよ。でも、かけてある汁がもの凄くうまいから、うまく感じるんだ」

「ほう。汁がな」

「うん。その汁なんだけど、おら、裏のほうでつくっているところもちらっと見たんだ。なんか骨を煮込んでダシを取っていたんだよ。大きな骨だったんだ。白くて……」

「……大きくて……白くて……」

鮫次は胃のあたりがむかむかしてきた。

「……これくらいの、丸いのもあったよ……」

と、賢作は両方の手で自分の顔より一回り大きいくらいの円をかたちづくり、うつむいてしまった。

「……あれだな……」

「おら、とてもじゃないが、ほかの人たちみたいにばくばく食う気にはなれなかったよ。でも、食べてた人は、ここの飯は食えば食うほどうまくなっていくって」

「皆、その飯、食ってたのか？」

「赤い色した飯を食ってる人もいたみたいだけど、皆の飯を見ていたわけじゃないからわからないよ」

「なるほどな。それで、わかったぜ。賢作、もう心配はいらねえよ。昨日見つかった死体の謎が解けたぜ」

鮫次は十手《じって》をかざしながら言った。

三

昼飯どきになった。

熊蔵は、ここは名物など何もないが、紅葉がきれいなのと、山で捕獲するイノシシでつくる鍋は自慢できるという。その二つを堪能《たんのう》してくれと、紅葉がよく見えるあたりに縁台《えんだい》を置いて、イノシシ鍋の準備を始めた。

「ほら、こっち、来いや」

「ぶひぶひ」

イノシシが連れて来られた。鮫次は以前、深川の町で大暴れしていたイノシシと格闘をしたことがあるが、それよりはだいぶ小さい。

「まだ子どもでね。これくらいのほうが肉が柔らかくてうまいんですよ」

「なんだよ、どこかでさばいてから持ってくるんじゃねえのかよ」

「いや、しめたてを食うのがうまいんですって」

そう言って、熊蔵は太い丸太でイノシシの頭を叩いた。

「ぶひ、ぶひぶひ」

「あ、逃げるでねえ、この野郎」

熊蔵が丸太を振り上げながら追いかけた。

「ぶひ、ぶひぶひ」

暴れるものだからうまく叩けず、熊蔵は五、六度、振り回して、やっと息の根を止めた。これを木の枝に吊るし、首筋を切って、しばらく血を抜くらしい。

その作業をしながら、

「鮫次親分、聞かせてくだせえ。謎の答えってやつを」

と、熊蔵は言った。

「化け物は、人間をおいしく改良していたのさ」

「改良？」

「そうさ。おめえらもやるだろ。寒さに強い米だの稗だのをつくるとか、実の大きな桃や柿をつくるとかいって。あれを人にやったのさ。食糧としてな」

「人にねえ」

「江戸にもそういう連中はいるんだけどさ、おいしいものにするため、生きものにいろんなことをするわけよ」

「いろんなことというと？」

「ウサギを食うのに、動けなくしておいて餌をやって肥らせたり、酒を飲ませて肉を柔らかくしたり、とにかくちっとでもうまく食うためには、いろんなことをするわけよ」

「そりゃあ、なんか変ですねえ。そんなことするくれえなら、そこらをひとっ走りしたほうが、腹減ってよっぽどうまく食えるのに」

熊蔵はそう言って、血抜きが終わったイノシシの皮を剝いだ。慣れているらしく、うまいものである。

肉を削《そ》ぐと、それをぶつ切りにして、煮立った鍋にどんどん放り込んでいく。鍋にはすでに大根やネギ、葉っぱなどがたくさん入っていて、味噌で味付けされている。

そこにイノシシの肉が入ると、なんとも言えない、いい匂《にお》いが立ち上った。

「化け物はそれを真似《まね》したわけでもないんだろうが、村人たちをあんまり動きまわらないようにして、たらふくうまいものを食わせ、肥らせたのよ」

「ええ。皆、肥えて帰ってきましたから」

「肥ってるだけじゃねえ。恐ろしくうまいんだよ」

「あいつらの肉が」

「それで、おいらはもしかしたら共食いかな、と思ったんだよ。生き残った者同士が、あの味が忘れられずに、お互いを食い争ってるんじゃねえかと」

「なんてこった」

熊蔵が肉や野菜を椀に盛り、二人でふうふう言いながら食べ始めた。たしかにうまい。しかも、身体は温まり、精がつくであろうことも実感できる。

すぐにおかわりをして、鮫次は言った。

「だが、違う。共食いじゃなかった」

「じゃあ、誰が？」

「死んだやつの肉が削げてたのは、前腕とふくらはぎのところだけだったよな。ほかの死体も皆、そうだったんだろ？」

「はい」

「あれは、自分で食えるところなんだ」

「自分で」

熊蔵は動かしていた箸を止め、目を丸くした。

「おそらく、傷かなんかついて、その傷口を舐《な》めたりすると、あまりのうまさに自分を食わずにいられなくなるんだ。しかも、あいつらはものすごく食い意地の張った身体にさせられてしまっている。我慢ということができねえ」

「ええ。もどって来てからも、とにかく食ってばかりいるそうです。まあ、あんなひどい体験をしたので、しばらくはやらせておくかという話になったようですが。そうですか。ああ、なんてことを」

「化け物のやったことだもの。いったい、どれくらいうまいのかね」

鮫次は畑の向こうをうろうろしていた肥えた村人を見ながら言った。

「親分、いまの目つきに食欲を感じましたけど」

「そんなこたぁねえ」

それから二人は無言でイノシシ鍋を空《から》にした。

「親分。これから村の者はどうしたらいいんでしょう？」

「とにかく、連れ去られた連中には、絶対、自分を舐めたりさせないようにするしかねえだろう。それで、しばらくはまずい飯ばっかり食って、いっぱい働くんだな。そのうち、もとにもどるだろうさ」

「わかりました。皆にそれを伝えてきますだ」

「おいらはこれで、一件落着だ」

鮫次は腹もくちくなったし、日当たりのいいここで、ちょっと昼寝でもさせてもらおうと思った。

四

「あ」

熊蔵が急に顔をしかめた。

「どうしたんだ？」

「まずいなあ。ああ、どうしよう」

青くなって頭をかかえた。

「なにがまずいんだよ？」

「お花《はな》ちゃんていう、おらの許嫁《いいなずけ》がいるんですがね。これがまた、仔熊のようにかわいい十七の娘なんです」

「仔熊のようにな」

「ええ。色なんか真っ黒で、毛もふさふさして」

「ふうん」

どこがかわいいのか想像できない。

「そのお花ちゃんも化け物に捕まって助けられた口なんですが、江戸の親類のところに行ったんですよ」

「そりゃあ、まずいな」

途中、道が悪かったり、膝あたりまで草が生えていたりするところもある。どうしたってかすり傷くらいは負ってしまうだろう。

傷に唾《つば》でもつけておいてと、ちょっとでも舐めたりしようものなら、まるでアヘンにやられたみたいに肉のうまさがよみがえってしまうだろう。

「お花ちゃんは、いつ帰るんだ？」

「今日です。途中、川越の宿に泊まり、朝飯を食べてから出ると言ってました」

「おいらといっしょだ。おいらは朝早く握り飯を食いながら出たので早く着いたが、もうそろそろこっちに着くはずだ」

「迎えに行きます」

熊蔵は慌てて駆け出した。

鮫次もあとを追い、二人は今朝、出会った川沿いの岩場まで来た。

「あ、向こうから娘のようなのが歩いてくるぞ」

鮫次が先に見つけて指差した。

「あ、ほんとだ。お花みたい……お花です。おーい、お花」

「あ、熊蔵さーん」

「お花、手を見せてみろ」

「手を見せろ？　こう？」

両手を上げた。

「ありますよね、親分。お花に前腕はありますよね」

「ああ、あるよ」

「お花、今度はふくらはぎ見せてみろ」

「やだ、熊蔵さんたら、こう？」

お花はすこし、着物の裾《すそ》を上げた。

「大丈夫ですよね、親分。ふくらはぎ、ありますよね。白い骨になってないですよね」

「骨になってたら歩けねえだろうが」

熊蔵と鮫次も川原に降りて、お花に近づいた。

どうやらお花は、ほかの捕まった連中とは違って、たいして肥ってはいないらしい。

といって、がりがりに痩せたふうもない。熊蔵は仔熊のようななどと言ったが、ごくふつうの娘だった。

「おみやげに江戸のおいしい飴《あめ》も買ってきたわよぉ」

と、お花が走り始めた。

「お花、走るな、走るんじゃねえ」

熊蔵が慌てて止めるが、お花は聞こえないらしい。

すると、足を取られて倒れた。

「あ、転んだ。膝っ小僧をすりむいたみてえだ」

熊蔵の顔色が変わった。

「まずい。舐めちまうぞ」

鮫次が止めようとして走った。

熊蔵は叫びながらあとを追った。

「お花。舐めるんじゃねえ」

「あら、おみやげの飴のこと？　やあね。まだ、舐めてなんかいませんよ。ああ、痛っ。血が出てきちゃった。ぺろっ。えっ。なに、これ……」

お花は自分の膝小僧をぺろりと舐めていた。

鮫次と熊蔵がお花のそばにやって来た。

「お花、大丈夫か？　あ、血が出てるじゃねえか。まさか、傷口を舐めたりしてないよな？」

熊蔵が恐々《こわごわ》といったふうに訊いた。

「どうして？　いま、舐めたよ」

お花は屈託もなく答えた。

「馬鹿。あんなに何度も、舐めるなって叫んだだろうが」

「あたし、飴のことかと思ったんだもの。でも、ものすごく辛いんだよ。どうしたんだろう、これ？」

お花がそう言うと、

「ははあ」

鮫次はなにか閃《ひらめ》いたように微笑《ほほえ》んだ。

「親分、これはいったい？」

と、熊蔵が訊いた。

「大丈夫だ。お花ちゃんはほかのやつらみたいな心配はいらねえ」

「どうして？」

「化け物の野郎。お花ちゃんを味付け用のとうがらしに改良しやがったのさ。だから、舐めたって辛くてとても食う気になんてならねえよ」

第八席　永代橋

一

「そこに座ってくれ」

と、十八屋孝蔵《じゅうはちやこうぞう》はおしのに言った。

「遠慮はいらねえ。今日は仲居ではなく、客として扱わせてくれと、女将《おかみ》にも頼んであるんだから」

おしのは前掛けを外してわきに置き、正座すると、

「なんだか緊張しちゃいますね」

肩をすくめて微笑《ほほえ》んだ。

「緊張するのはこっちだ」

「十八屋さんが緊張なさることなんてあるんですか？」

「うん、まあ、めずらしいだろうな」

十八屋は照れたように苦笑し、

「うちの屋号の由来は話したことがあったかな？」

と、訊《き》いた。

「いえ、直接にはうかがっていませんが、でも、十八屋さんのお噂《うわさ》はよく耳に入ってくるので、だいたいのことはわかっていると思います」

おしのがそう言うと、十八屋は嬉《うれ》しそうにうなずいた。

十八屋は、天ぷらを食わせる店として、大繁盛している。もともと屋台の食いものである天ぷらをすこし格上げさせて、座敷に上がって食べさせるようにした。これが、家族や友だち同士がいっしょに飯を食うのにいいと、当たりに当たった。店の仕掛けだけでなく、じっさい天ぷらもうまい。

十八のときに屋台の天ぷら屋を始め、いまは四十八。十年前に小網町《こあみちょう》で座敷の店を出し、これはいいとすぐに日本橋通二丁目に進出するとここを本店にし、これまでに深川に二店など出店《でみせ》を七つまで増やした。

仕事が終わったあとや、取引先との打ち合わせで、十八屋がこの永代橋《えいたい》に近い料亭〈まさご〉を使うようになったのは、一年くらい前からである。

「それでなんだが、じつは本店にした日本橋の店をいっしょにやってもらいてえと思ってるのさ」

「女将として雇ってくれるというわけですね」

「そうじゃねえ……」

言葉が途切れた。

十八屋は酒を茶碗に注《つ》いで一息であおって言った。

「女房になってもらいてえんだ」

「女房に……」

じつは、ここの女将からもそんな話になると告げられていた。先に相談があったらしい。だが、おしのは半信半疑だった。

「つまり、女としても、あんたのことを好きになっちまったんだよ」

「でも、十八屋さんがよくここに連れてくる人……」

夜遅く、別々に連れてくる若い女が二人いる。どちらも深川に住んでいるらしい。

「あいつらはそういう女じゃねえ。わかるだろう。おれも隠す気はねえ。それだけの女たちだよ」

若い妾《めかけ》。それも気質も見た目も違うのが二人。だから、飽きることもないのだろう。適当に遊ぶけれど、それさえ気にしなければ、ほかはうまくやって女房を泣かせたりしないのかもしれない。

「あたしなんかでいいんですか」

「あんたじゃなきゃ駄目なんだよ。ずっと働きぶりを見てきたんだ。酔っ払いの客のさばき方。困った客のあしらい方。出入りの商人とのやりとりもそっと聞かせてもらったよ。たいしたもんだと思った」

「褒めていただいて恐縮です」

「おれはまだまだ店を大きくしていきたい。そのためには、日本橋の本店を盤石《ばんじゃく》のものにしておきたい。ほんとに信頼できる、女将のやれる女房が欲しいのさ」

「女将のやれる女房ですか」

なんとなくおかしな言い方のような気がする。そろばんのやれる小僧。飯も炊ける用心棒。役に立つ人間ということか……。

　だが、十八屋は褒め言葉を言えたという顔をしている。

「前の女房のことは知ってたかな？」

「たしか、お亡くなりになったんですよね」

「三年前にな。子どもはうまく育ててくれたが、女将としてはまるでたいしたことはなかった。倅《せがれ》は二十四と二十二で、いまはそれぞれ小網町と芝の店を切り盛りさせている。その倅たちも、おれが後妻をもらうことは納得している。もし、おれに万が一のことがあっても、あんたには店の一軒くらいは残すようにも手はずは整えておく」

　もう食べる心配はないということだろう。それがどれほどありがたいか。

「あたしのことはご存じなんですか？　一度、失敗した女ですよ」

「もちろん聞いてるさ。失敗したというより、だらしのねえ亭主のとばっちりを食っただけじゃねえか」

「でも、そうなるまで気がつかなかったし、支えきれなかったことも事実なんですから」

　お店者《たなもの》だった。十歳年上の亭主で、十八でいっしょになり、八年暮らして別れた。

子どもはいなかった。

バクチの深みに落ちたのだ。店の金まで使い込み、それがばれる前に、おしのを離縁した。やさしさかもしれなかったが、本当にやさしかったら、バクチから早くに足を洗っただろう。

「深川に住んでいるんだろ?」

「ええ」

毎日、永代橋を往復している。昼くらいに渡ってきて、夜遅くに帰る。住まいは橋の近くの熊井町にある。家に猫一匹。

「引き払って、こっちに来てくれ。永代橋を渡ってきてもらいてえのさ」

「橋を……」

長い橋が目の奥に浮かんだ。

「そういう話だ。上がっちまって、うまく話せたかどうかわからねえが、考えて返事してくれ。三日後に、また、顔を出してみるよ」

「三日後……」

三日でここから先の人生が決まる。

「頼んだぜ」

「わかりました。よく考えます」

いま、三十八である。皆に若いと言われる。だが、見た目の皮一枚下から、ちゃんと老いが忍び寄ってきていることは、自分がいちばんよく知っている。

「ああ、やっと言えた」

十八屋は笑顔を見せた。おしのは、いい笑顔だと思った。美男ではないが、男として誇るに足る人生を送ってきた顔だろう。したたかだが、どこかで人を信じている。それが生きていく力になる。

「一服したくなった」

煙草《たばこ》入れを出した。財布や煙草入れにつける飾りの根付《ねつけ》が見えた。〈やかん亀〉。甲羅ではなく、やかんから亀が手足や尻尾《しっぽ》を出しているという飄逸《ひょういつ》なものだ。一時、ずいぶん見たが、最近は見かけない。流行《はや》らないのだろうと思っていたが、まだ使ってくれる人はいるらしい。

「じゃあな、おしのさん」

十八屋は勢いよく立ち上がって、部屋から出て行った。

おしのが立てずにいると、ここの女将が顔を出した。

「どうだった？」

「ええ。ほんとに言われちゃいましたよ」

「胸いっぱいで動けないんだ？」

「緊張して座っていたら、足がしびれて動けないんですよ」

と、おしのは苦笑した。

二

その夜だった——。

澄み切った秋の夜の永代橋は、遠く向こう岸まではっきりと見通せる。十四日の月が斜めから橋を照らしていた。

静かな風が吹いていた。ときおりするように、欄干にもたれてすこしたたずみたかったが、足を速めた。猫に餌をやらなければならない。このところ、腹が減ると、よその家に入り込むという悪癖を覚えてしまっていた。

真ん中あたりまで来たときだった。

先に男が足を止めた。

──え？

「おしの？　おしのじゃないか？」

「幸《こう》さん？　幸之助《こうのすけ》さん？」

二人は見つめ合いながら、ぐるりとまわった。まるで、相手の裏側まで見ようとするが、それは見せたくないとするみたいに。

「ひさしぶりだね。元気だった？」

おしのが訊いた。

「そうでもないな」

「でも、変わらないよ」

「おしののほうこそ、まったく変わらねえ」

かつて好き合っていた。幸之助が十八、おしのが十七だった。

やっぱり駆け落ちしようという約束の日に、永代橋が落ちた。

それから二十年経《た》った。

「まだ、深川にいたのか?」

「そう。佐賀町じゃない。熊井町のほうだけどね」

「でも、すぐ近くだ」

幸之助は、熊井町のほうを見た。元は深川育ちだから、町名も知っている。

佐賀町の小間物屋〈奇心堂《きしんどう》〉の若旦那。おしのはその裏あたりの長屋に住む建具《たてぐ》職人の娘だった。

だが、よく売れる商品ができたのをきっかけに、〈奇心堂〉は江戸の目抜き通りである尾張町《おわりちょう》へ進出していった。

「尾張町の店で……」

と、おしのが言った。

「うん」

「頭でっかちのかわいい根付をたくさんそろえたって聞いたよ」

「ああ。だが、失敗だった」

「そうなの」

噂ではよく売れていると聞いていた。

「いっときよく売れたが、いまはまったく売れていねえ。商いもいっきに傾いた。それで、尾張町はあきらめて、永代寺の門前あたりで、小さな商売でもしようかと思ってるのさ。もう一度、橋を渡ってきてさ。今宵はその相談だったんだよ」

「門前に」

熊井町からも歩いてすぐである。

「おとっつぁんは反対じゃないの？」

幸之助の父親は怖い人だった。おしののことを憎むような目で見ていたものだった。

「おやじは去年、死んだよ」

「そうだったの」

「尾張町あたりは、わたしには過ぎた舞台だったのさ」

「そんなことないよ、幸さん。昔から商才があったじゃないか。憶えているよ、あたし。ほら、〈やかん亀〉をつくったときのこと。ほんとのやかんに穴開けて、ほんとの亀を中に入れて、これを小さくしたら面白いぞって」

それを商品にしたら、飛ぶように売れた。職人たちに頼んで次から次に同じものをつくらせた。まだ十八だった幸之助が最初に才能を発揮したときである。

さっき、やけに十八屋の〈やかん亀〉が気になったのは、この出逢《であ》いを予感したからではないか。こういう変な勘みたいなものが当たることってある。

「そう言ってくれるのはおしのだけだ。〈やかん亀〉もおしのが褒めてくれたから、わたしも突っ張って商品にしてもらったんだ」

「そうじゃない。幸之助さんには才能があるんだよ」

面白くて、かわいいものをつくる才能は素晴らしいのだ。だが、それはすぐに飽きられてしまうのかもしれない。商売をうまくやっていくには、流行に乗るものと、長く飽きられないものと、二通りが必要なのだろう。

天ぷらなら、えびやいかなどの定番と、めずらしいものを合わせたかきあげと。

「元気出しなよ。まだ、四十にもなってないじゃないか」

十八屋がいまの商売を始めて、軌道に乗ったのは、幸之助のいまくらいの歳だった。まだまだひと花もふた花も咲かすことはできるはずである。

「尾張町あたりはいろんな店があってさ。近ごろ、そこを暇なときはふらふら歩いたりしてるんだよ。それで思ったんだけど、これだけいろんなものが売られているのに、わたしには欲しいものが何一つないんだって気づいたのさ」

「そうなの？」

「着るものも、食うものも、もう何もいらねえ。こういう気持ちってまずいのかなって思ったよ。わたしにはもう、生きる力がなくなっちゃったのかって」

「ちょっと疲れているんだよ、幸さん」

「あのとき、永代橋が落ちなかったら」

「あたしたちはいっしょになった？」

幸之助の父親は、おしのを嫁に取ることに猛反対だった。

深川から尾張町という大舞台に出て行く。裏店《うらだな》住まいの娘じゃついていけなくなる。すでに、とある大店《おおだな》の娘をもらうことで話もついているということだった。

幸之助は喧嘩《けんか》になり、父親を殴ったこともある。

駆け落ちするしかない、という話になった。その約束の日だった。

「目の前で落ちたんだ」

「目の前で！」

「ちょうどこのあたりだったよ」

もう少し東寄りではなかったか。

「よかったね。後ろから押されて落ちなくて」

おしのはいまもあの日の騒ぎのことははっきり覚えている。文化四年八月（旧暦）のこと。深川の祭りに人が詰めかけ、その重みで落ちた。

全部が崩れ落ちたわけではない。落ちたのは数間分《けん》だったが、事情のわからない人たちが次々に押し寄せ、大川に落ちていった。溺死《できし》した人たちは千人を超えたはずだ。

幸之助は死んでいない、とは人づてに聞いた。だが、翌日も翌々日もおしのの家を訪ねては来なかった。たぶん、あの騒ぎを目の当《ま》たりにして、気が削《そ》がれたのだと、おしのは思った。

駆け落ちなんて、勢いで出た言葉で、おしのもどこかに無理がある気はしていた。幸之助のこともあきらめるべきなのだと。

橋が落ちたのは運命だったのだと思った。

だが、いま、こうしてめぐり会ったのも運命かもしれなかった。

三

会合の客が出て行って後片づけを始めたとき、女将が寄って来て、

「返事するのは明日でしょ?」

と、訊いた。

「そうなんですけど、迷ってるんですよ」

「どうして?」

「じつはね……」

わけを話すことにした。

「二十年前に約束した男と? なんてまあ皮肉なものねえ」

「ほんと。でも、昨日は昼にそっちの湊《みなと》橋のところで待ち合わせして、いろいろ話をしたんです。幸さんも、あたしとだったらやり直せるかもしれねえなって」

「まあ。でも、女房だっているんだろ?」

「通三丁目の実家にもどっちまったんだって。二人の子どもも連れて。川向こうに行

くくらいなら別れるってさ」

「こっちの人たちは、大川を渡って深川のほうに行くのがすごく落ちぶれたみたいに思うからね」

「そうみたい」

根っからの深川っ子であるおしのからしたら、人を馬鹿にした話だと思う。木場《きば》の旦那衆だっているし、紀伊国屋文左衛門《きのくにやぶんざえもん》の屋敷だって深川にあったのにと言い返したくなる。

「十八屋さんのことは？」

と、女将が訊いた。

「言いました。ぜんぶ正直に。明日の夜、返事をすることも」

「そうしたら？」

「店を処分して、ほかにもいろいろ話をつけて、その晩、お前を迎えに来るって」

「まあ」

「この二十年、おかしな道を歩いてしまったけど、元の道にもどろうって」

「そんなこと、できるのかしら」

おしのはしばらく考え、

「できませんよね。二十年の重みってありますよ。その分、歳も取ってるし。あたし、よく知っているんです。あの人の優柔不断なところは、よく知ってるんです。十八屋さんの猪突《ちょとつ》猛進とは正反対。頼りない」

「そういう男って、やさしく見えるのよね」

「そう」

幸之助はやさしく見える。風貌は十八屋と正反対である。色が白くて、恥ずかしそうに笑う。

「でも、おしのさん。それってやさしいのとは違うよ」

「そう思います。でも、そういう男だと、自分がしっかりしなくちゃって思うんです。それって、大事なことだと思いませんか」

「そうだね。頼るばっかりじゃなく、そういうのは大事だわよ」

女将だってずっと働いてきた。そういう気概も持ちつづけてきたはずである。

「だから、あたし、今度はもう、待っている女になるのは嫌だから、こっちから行くよって言ったんです」

「そうだよ、おしのさん。女だって待ってばかりじゃいけないんだよ」

「でも、それは嫌だって」

幸之助はそこをゆずらなかった。

「まあ」

「幸さんは自信がないんだと思います。ほんとにあたしを幸せにできるのか。今度も迷っているんです」

「やめたほうがいいんじゃないの、その人は?」

「ええ。そう思ったんです。たとえあたしが十八屋さんから役に立つ道具みたいに好かれているのでも、必要とされているんだったら」

「それもいくらか引っかかりはするけどね」

「正直、あたしも迷ってるんです」

「そりゃ迷うよ。誰だって迷うよ。でも、女は決心さえしてしまえば、あとは意地でやり抜くことができるからね。明日までじっくり考えな」

女将はおしのより十ほど上である。似たような思いもしてきたようだった。

四

そしてその夜がきた——。

深い霧が出た。

永代橋は白い夜霧の中に、頼りなくかげろうのように浮かんでいた。

欄干に手を置いていないと、橋ごとどこか違う世界にでも行ってしまうような気もした。

おしのが東詰めのたもとで幸之助を待っていると、

「ひでえ霧だよな」

と、橋番のおやじが声をかけてきた。

何度か世間話をかわしたこともあるなじみの橋番である。たしか、孫がこの近くで飲み屋をしているとのことだった。

「ああ、おやじさん。ほんとだねえ」

「こんなときに橋が崩れたら、誰一人助けられねえ」

「ああ、二十年前だね」

季節はいまごろだった。だが、あれは昼間のことで、もちろん霧などは出ていなかった。

「あれからしばらく、橋を渡るのが怖くなったってやつが多くなったね」

「へえ、そうなの」

「いつ崩れるかわからないってさ。橋のことを言ってるのか、人生のことを言ってるのか」

「人生のこと?」

「七十年生きてきたけど、まだわからねえ。渡っていい橋、悪い橋」

「でも、渡らなければ始まらなかったら?」

「渡るしかねえわな」

「そうだよね」

話が途切れ、橋番はほかの男としばらく世間話をしていた。

それが終わっても、まだたたずんでいるおしのを見て、

「誰か待ってるのかい?」

橋番は訊いた。

「ええ、まあね」

「いい人かい？」

「そう、昔のね」

「なるほどな」

「でも、来るか、どうか。絶対、来る人のことを断わって、来るか来ないかわからない人を待ってるなんて、馬鹿ですよね」

「へえ。でも、絶対、来る人を断わるのは大変だろ？」

「そうなんですよ。自分からは言いにくいので、あたしが働いているところの女将さんから言ってもらいましたよ。店の顔をつぶすことになるなら、辞めさせてもらうつもりですとも言ったんですが、そんなことは気にするなと言ってくれました。あたしもあんたに嫁に行かれたら、後釜をどうしようかと悩んでいたってね」

「よくわからねえところもある話だが、来るか来ないかわからねえ人のところに嫁に行くかもしれねえんだろ？」

「ああ、そうね」

「そっちは来るのが期待できねえのかな?」

「女将さんもそう思ったのかもね」

たしかに橋番の言うとおりだった。幸之助は来ないかもしれない。

「ま、もうじきわかるんだろ」

「そうだね。ねえ、橋番さん」

「なんだい?」

「あたしは駄目な男が好きみたいなの」

「どうしてだい?」

「たぶん、父さんがそういう人だったからかも。母さんになじられる父さんを、いつも、かわいそうだと思って見ていたの。だから、駄目な男を見ると、胸の奥になにか特別な気持ちが灯《とも》ってしまうのかも」

それはいつごろ気がついたのだろう。自分のおかしな好みに。
四、五年前、〈まさご〉の女将と話しているときに、そんなことを思ったかもしれない。
弱い男、駄目な男。

だが、頼れる男がいちばんいいわけじゃない。自分の弱さ、駄目さを互いに許し合えたなら、そっちのほうが心から癒やされるのではないか。

「なるほどな」

「変かしら？」

「いや、駄目な男が好きだって女は少なくないぜ」

「そうよね。でも、人のこころは不思議ね。これこれこうだから、こうなるってわけにはいかないんだもの」

「そう、人のこころってのは不思議なんだよ。おれの人生ももうじき終《しま》いになるだろうが、わかったのは不思議だってことだけさ」

「そうですか」

橋番はまだまだ長生きしそうだったが、それは言わずにうなずいた。

「でもな、強い思いってのは、意外な道を切り拓《ひら》いてくれるもんだぜ」

「強い思いがね」

幸之助も、駄目なままでは幸せになれない。どこかで力を振り絞らなければ。そうすれば、いくらだってやり直しがきく。

でも、それといっしょで、あたしのほうも、駄目な男に見切りをつける必要があるのだろうか。

結局、二人はすれ違うってことなのか――。

おしのは霧に向かって言った。

「幸さん。今度こそ、来ておくれよ。いや、せめて今宵だけ、決心しておくれよ。あとはまた、優柔不断な幸さんにもどったってかまわないんだから」


橋の下のほうで、水の音がした。

大きなものが落ちた音だった。

「誰か、落ちたんじゃねえか」

「おい、橋番はいるか。誰か、飛び込みやがったぞ」

霧の中のあちこちで大きな声がしはじめた。

おしのの胸が高鳴った。

橋番は嫌な顔をした。そういえば、以前、この橋番から聞いたことがある。女の身投げは発作みたいにやってしまうから助ける。だが、男の身投げは覚悟のうえだから助けないって。

「どこだ、どうしたんだ？」

「霧が深くてわからねえや」

「おい、誰だ、棒を突き出しながら走るんじゃねえ。危なくてしょうがねえ」

「男か、女か？」

橋の上が騒然としてきた。

と、そのとき――。

川上から強い風が吹いてきた。

永代橋の周囲をおおっていた深い霧は、その風でどんどん下流に押し流されていく。

こんな風景を屏風絵《びょうぶえ》かなにかで見たことがある。雲だか霧だかのほうぼうの隙間から、町の景色が見えていた。

だが、見る見るうちに霧は晴れた。

「見えるか、飛び込んだのは？」

「駄目だ。引き潮に変わってる」

「いまごろは佃島《つくだじま》のあたりだな」

おしのはよろよろと、橋の中ほどまで進んだ。

足を止めた。〈やかん亀〉が落ちていた。

ここまでは来ていたのだ。

「幸さん。この自慢の品をあたしに置いて行ったんだね。このあいだ、あたしが話したもんだから」

おしのは大川の流れに向かって言った。

「幸さん、永代橋が落ちたあの日は、ほんとにここまで来ていたのかい?」

たぶん来なかった。来ていたら、橋が崩れた箇所を間違えるわけがない。

だが、今宵はここまでは来てくれた。

おしのは、沖のほうを見てつぶやいた。

「あと一歩だったのにね」

第九席　長崎屋

一

長崎屋とは――。

日本橋本石町《ほんこくちょう》三丁目にあって、通称、オランダ宿と言われた。その理由は、長崎出島のカピタンことオランダ商館の館長たちが江戸にやって来た際の、定宿となっていたからである。

むろん、オランダ人しか泊めないわけではない。だいいち、四年に一回しか江戸に来ないオランダ人だけを相手にしていたら、とても商売にはならない。ふだんは、ふつうの旅人も宿泊できる宿だった。

ただ、オランダ人たちが来ているあいだは、訪問客でにぎわった。ちゃんとした訪問客だけでなく、異人の顔を一目見ようと集まって来る野次馬も相当いた。そのなかには、窓越しに異人と話をする連中もいて、そんなようすは葛飾北斎《かつしかほくさい》が『長崎屋図』として描き残している。

これは、その長崎屋にまつわるちょっとした逸話――。

「大家さん、なにしてるんですかい?」

左官の熊平《くまへい》が訊《き》いた。

ここは本石町四丁目の裏手にある長屋である。大家の清右衛門《せいえもん》が路地にぼーっと立っていた。

「ああ、熊さんか。いま、陣五郎《じんごろう》の帰りを待っているんだよ」

「もう、帰っていてもよさそうですがね。あいつは店の早番になってるから、朝は明け六つ前に出ていくけど、帰りはいつも暮れ六つ前にはもどってますぜ」

「そうだよな」

「店賃《たなちん》の催促ですか?」

「陣五郎はあんたとは違うよ。だいたいここの店賃も陣五郎が払うんじゃない。お店のほうで払ってくれてるんだ」

「そうなんですか。やっぱり大店は違うね」

熊平は羨《うらや》ましそうに言った。同じ年ごろだけに、待遇の差は気になるところなのだ。

陣五郎はいわゆるお店者である。室町《むろまち》三丁目にある海産物問屋〈南海屋〉の手代《てだい》で、歳は二十七。去年の暮れから住み込みではなく、通いになっている。

もっとも、ここから室町三丁目まではほんの少ししか離れていない。

「まったく、なにしてるんだろうね？　すごく大事な約束なんだよ。いっしょに人と会うことになってるのさ」

「そうなんですか」

「やっぱり言っておけばよかったかなあ」

「言っておけばって？」

「いや、約束の中身はまだ陣五郎には話していないんだよ」

「いい話ですか、悪い話ですか？」

「そりゃあ、いい話だよ」

「そりゃあ言っておくべきでしたよ。だいたい陣の野郎は、変に気風《きっぷ》がよすぎるところがあって、余計なことに口をはさんだりする。困ってる人を助けたり、喧嘩《けんか》を止めてみたりするんです。どこかに引っかかっているんですよ」

「そうなんだよな、陣五郎は生粋《きっすい》の江戸っ子だ。喧嘩の仲裁でもして、逆に巻き込まれたりしてなきゃいいんだけど」

大家は不安な顔になって言った。

と、そこへ——。

「あれ、大家さんと熊さん。なに、ぼんやり突っ立ってるんですか？」

やはりこの長屋の住人である易者の独文斎《どくぶんさい》がもどって来た。

「いま、陣五郎の帰りを待っているんだが、なかなか帰って来ないんだよ」

「ほう。では、陣五郎のいるところを占ってあげましょうか？　もちろん、あたしは易者として暮らしを立てている身。ただというわけにはいかず、店賃からいくらか引いていただければよろしいのですが」

「そんなこと、占ってもらわなくてけっこうだよ」

大家が苦笑いしながら断わると、熊平はじいっと独文斎を見て、

「あ、この爺《じじ》い、陣五郎の居場所を知ってるんだ。それで当てるだのと、自信たっぷりに言いやがったんだな」

「うっ」

「正直に言えよ。言わねえと、また厠《かわや》に閉じ込めるぞ」

「勘弁してくれよ。まったく熊さんは冗談でなくなるから嫌だよ」

独文斎は怯《おび》えた顔をした。

つい半月ほど前、花見に行くのに置いていかれたと怒って、独文斎を半日、厠に閉じ込めたのだ。

「だったら言え」

「見かけたんだよ」

「どこで？」

「あっちの長崎屋の前にいた」

「長崎屋といったら、異人の宿だろう？」

と、大家が言った。

「そうです。別に異人じゃないと泊まれないわけじゃありませんがね」

「なんで陣五郎がそんなところにいるんだろう?」

「なんだか楽しそうにしゃべってましたよ」

「嘘だよ。陣五郎が異人と話せるわけがないよ」

「いや、違うんです、大家さん。陣五郎は異人と話せなくても、異人のほうが陣五郎と話せるんです」

「向こうがこの国の言葉を話すのかい?」

「そうみたいです」

「へえ。たいしたもんだねえ。いや、そんなことで驚いている場合じゃないな。とにかく陣五郎を探しに行かなければ」

「じゃあ、あっしも付き合いますよ。まずは、長崎屋に行きましょう」

「でも、行き違いになるとまずいよ」

「そんな心配はありませんよ。長崎屋からこの長屋に来るまでは、ほかの道は通りませんから」

「たしかにそうだな。それじゃあ、行ってみようか」

大家と熊平は長崎屋に向かった。

二

長崎屋の間口《まぐち》は、それほど広くはない。が、二階建てで奥行きのある建物である。玄関の明かりなどが南蛮風のランプだったり、肘《ひじ》かけ椅子が置いてあったりして、どこかこじゃれた雰囲気が漂っている。

「大家さん。そっちの人だかりがそうみたいですね」

長崎屋の窓の前に人が集まっている。それでも、せいぜい七、八人程度で、行きかう人たちも「異人さんだ」くらいは言うが、いまは暮れ六つ前の慌ただしい時刻で、そのまま通り過ぎてしまう。

「どれ、陣五郎もいるかな」

「いや、いないみたいですね」

窓の中に三人ほど異人の姿が見えている。赤や金色の髪の毛には、初めて見るとやはり目を瞠《みは》ってしまう。

こっちで話をしているのは大工道具の箱を抱えた四十くらいの男で、その男と異人とのやりとりを、周りの人たちがにやにやしながら聞いている。

「よう、あの異人たちは日本の言葉がしゃべれるのかい？」

と、熊平は見物人の一人に訊いた。

「しゃべれるよ。皆じゃないけど、あの赤い髪の毛の男がいるだろ？　あの人は変なしゃべり方だけど、ちゃんとやりとりはできるんだよ」

「へえ」

「日本人にも蘭語ができるやつはいるぜ。たまに来て、やりとりして帰って行くよ」

「たいしたもんだ」

異人と大工のやりとりに耳を傾けていると、異人の言葉におかしな調子はある。だが、ちゃんと意味は通じているらしい。

「あんな変な調子でしゃべると、異人もわかりやすいみたいですぜ。ほら、大家さん、聞いてみなさいよ」

熊平は大家をせっついた。

「な、なに、訊くんだい？」

「陣五郎が来ていたかどうかですよ」

「あたしゃ恥ずかしいよ。熊さん、あんた、頼むよ」

「あっしが？」

熊平の顔が強張《こわば》った。

「なんだい、つねづね怖いものはないと言ってるじゃないか」

「怖くはねえですが、異人ですよ」

「ああ、海の彼方《かなた》にある国の人たちなんだろ」

「え、そうなんですか？」

「なんだと思ってたんだい？」

「いや、海から来るんだとは知ってましたよ。いっぱいやって来て、大漁になるんでしょう？」

「大漁？」

「来たぞってかもめが教えてくれて」

「そりゃ、にしんだろ。異人じゃないよ」

「あっしは、まぐろは好きなんですが、にしんはちょっとね」

「わけのわからないこと言ってないで、ほら」

と、大家は熊平を押し出した。

「おっとっと。あ、どうも、こんちわ」

「はい、こにちは」

「ぷっ。こにちわってやがる。あ、あの、異人さま」

「異人さま？　わたし、ペトロいいます。ペトロと呼んでください」

「ペトロ？　なんだかぺとぺとしたお名前ですね。あなたの、おとっつぁん、そんな変な名前つけましたか？」

「変な名前？」

「変ですよ。ペトロだなんて。日本にはそんな名前、一人もいませんずぇ」

熊平のほうも妙な調子になっている。

「わたしの国にはたくさんいます。あなたのお名前は、なんといいますか？」

「あっしのお名前は、熊平いいます」

「おう、くまへさん」

「くまへ？　勘弁してくださいよ。そんな熊が屁をしたみたいな名前にしないでもらいてえです。く、ま、へ、い。わかりますか？」

一語ずつ区切ってゆっくりと言った。

「わかりました」

「へっへっへ。大家さん、わかったって言ってますよ」

熊平は振り向いて大家に言った。

「熊さん。お前の名前なんざどうでもいいだろうよ」

「そうはいきませんよ。まずは気持ちを通い合わせるのが大事なんですから。まあ、あっしにまかせておくんなさい」

熊平は胸をぽんと叩き、

「ペトロさん、どこから来ました？」

「わたし、オランダから来ました」

「おらんだ？　ぷっ。自分の国だから、おらんだだって言いやがる。あ、そうなの。でも、ここはおれんだ」

熊平は足元を指差して言った。

「おれんだ？」

「そう。あっしんだ。おいらんだ。あたいんだ。わしんだ」

熊平がそう言うと、ペトロは頭を抱えた。

「あなたの言ってること、わかりません。オランダわからない？　あ、そう。わたし、長崎から来ました」

「あ、長崎から来たの？　長崎って遠いんだよね？」

「遠いです。日本の端っこですからね。ことわざでありますでしょ。江戸の仇《かたき》を長崎で討つって」

「江戸の仇を長崎で討つ？　なんだ、そりゃ」

「ほら、江戸で受けた屈辱を、はるか遠くの長崎で仇討ちをした。思いがけないことで屈辱を晴らすっていう意味の」

「は？　そんなことわざありましたっけ？　ことわざと言えば、ぶたも木から落ちるでしょうよ」

「くまへいさん。それを言うなら、猿も木から落ちる」

「猿は木に登るんでしょうよ」

「それは、ぶたもおだてりゃ木に登る」

「あれ？」

熊平の頭はこんがらかってきたらしい。

三

「熊さん。異人に日本のことわざの講釈を受けてどうするんだい？」

大家が苛々《いらいら》して言った。

「あ、そうか。肝心なことを訊くのを忘れてた。異人さん。さっきまでここに陣五郎って男が来ていたらしいんだ」

「陣五郎？　どんな人？」

「どんな人？　どんな人と言われてもねえ。なんというか、こう、眉毛《まゆげ》の下に目があって、鼻の下に口があって」

「くまへいさん。福笑いじゃないんだから、それはみんな、いっしょ」

ペトロは笑った。福笑いまで知っているのだから、かなり日本のことにはくわしくなっているらしい。

「あ、そうか。どう言えばいいのかねえ。そうだ、陣五郎の野郎は笑うとき、口をひん曲げて、片方の目をひくひくさせながら、こんなふうに笑うんでさあ」

熊平は笑い顔を真似《まね》してみせた。

「あ、じんさんだ」

「そうそう、陣五郎」

「じんごろうさん、さっきまで、ここにいましたよ」

「やっぱり、いたかい。大家さん、陣五郎はここにいたってよ」

と、大家のほうを見て言った。

「陣五郎は何やってたのか、訊いとくれよ。熊さん」

「わかったよ。いま、訊いてやるよ」

熊平はだんだん偉そうになってきている。

「ええ、ペトロさん。その陣の野郎は、ここで何してましたか?」

「陣の野郎は、ここでわたしたちの、道具、いろいろ見てました」

「道具? どんなものですか? おいらにも、それ、見せて、くさい」

「くさい?」

「見せて、くださぁい?」

「くまへいさん。ふつうにしゃべってくれないと、わたし、かえってわかりにくいです。たとえば、これ。この遠眼鏡《とおめがね》。これ、見て、じんさん、びっくりしてました」

「へえ、これを。ちっと、あっしも見せてもらっていいですか？」

「いいですよ。さあ、どうぞ」

　熊平は遠眼鏡を借りると、

「ほんとだ、遠眼鏡って言うくらいで、凄いね。あそこの飲み屋の赤提灯《あかちょうちん》があんな遠くになっちまったよ」

「くまへいさん。それ、逆」

「あ、こっちかい。あら、赤提灯がすぐ近くに見えるよ。驚いたもんだね。はい、どうも、ありがとうございます」

「それと、この鏡。これも一所懸命見てましたよ。日本の銅鏡よりきれいに見えますでしょ？」

　ペトロはギヤマンの鏡を熊平に渡した。

「ほんとだ。よく、見えますねえ。銅の鏡とは大違いだ。こんなにはっきり……え、なんだい、こりゃ。これが、あっしの顔かい？　嘘でしょ？　あちらの鏡は、違う男の顔が映ったりしますか?」

「そんなことはないよ」

「意地悪して、わざとひどい顔に見せるとか?」

「そんなこともしない。ありのままの顔を見せてくれますよ」

「じゃあ、これがあっしの顔? あっしはこんな不細工な顔をしてるんですか。他人のことを、ぶたみたいだの、猿みたいだのと言ってる場合じゃないよ。てめえが、ぶたと猿を合わせた顔をしてるんじゃないかよ。名前が熊で、顔がぶたと猿かよ。あっしの顔は山奥の餌場か? うわぁあ、情けねえな。こんなもの、見るんじゃなかったよ」

熊平はがっくり肩を落とした。

「熊さん。あんたの顔を嘆いている場合じゃないよ」

大家が後ろから言った。

「うるせえな。わかってるよ。ペトロさん。陣五郎はこういうのを見て、なにかおかしなことをしませんでした? これを懐に入れると、駆け出して逃げたとか」

「それじゃ、泥棒でしょうよ」

「そう。ほんとは泥棒だったのかもしれない」

「そんなことはしませんでした。あ、でも、鏡を見ているうち、急に、こういう顔をしました」

ペトロは、鏡を見て、そのうちに後ろの景色を見るような視線になると、

「げげっ」

と、顔真似までした。

「よく似ていますよ。陣五郎も驚いたときはそんな顔をしてました。驚いたんだね。でも、陣五郎ってのはなかなかいい男だよ。あっしみたいに、自分の顔を見て、愕然《がくぜん》とするなんてことはなかったはずだな」

「それから、じんさん、向こうのほうに駆け出して行きました。もちろん、鏡はちゃんと返してね」

「急に駆け出した？　あっちに？　長屋とは別の方角だよ。いったい、鏡の中になにを見たんだろう？」

熊平はめずらしく思案げな顔をすると、

「あ」

ふいに大声を上げた。

「どうしたい、熊さん?」

大家が訊いた。

「そういえば、陣の野郎、この数日、おかしな気配があるとか言ってましたっけ」

「おかしな気配? なんだい、そりゃ」

「いえね。誰かにあとをつけられているみたいだって」

「えっ? ほんとにそれはおかしいね」

「あ、もしかして」

熊平はぽんと手を叩いた。

「どうしたい、熊さん?」

「あの鏡って、ものすごくよく見えるんですよ」

「うん。それで?」

「こうやって見たときに、後ろにいた誰かが見えたんです」

「なるほどっ」

「それがこの数日、自分のあとをつけていた男だった。いまや、すぐ後ろに迫っている。げげっと驚きますよ」

「うん、間違いない」

「それで陣の野郎はここから逃げ出したってわけですよ」

「さて。どこに逃げたんだろう」

大家は不安げに首をかしげた。

四

「あっ」

熊平の目が見開かれた。

「どうしたい、熊さん」

「いま、陣の野郎が、その道を横切って」

通りを横切る道を指差した。ここよりも人通りの多い広い道である。

大家もたしかに、右手に消える寸前、ちらりと陣五郎の横顔が見えた気がする。

「あ、いた」

「後ろから、誰かが追いかけていくみたいですぜ」

「あの、縞《しま》の着物を着た男かい？」

「ええ」

「あっ、帯のところに十手《じって》が見えたよ」

「陣の野郎が岡っ引きに追いかけられている？」

「あたしたちも追いかけようよ」

「わかりました」

大家と熊平は駆け出した。

日本橋から十軒店《じっけんだな》へと来て、神田につづく大通りである。陣五郎はこれを神田のほうに向かって駆けて行ったのだ。

「熊さん。陣五郎は何をやらかしたんだろうね」

走りながら大家は熊平に訊いた。

「さあね。だが、岡っ引きが追いかけるくらいだからね。人助けや親孝行をしたわけじゃないでしょう」

「というと？」

「火付け、強盗、人殺し……」

「そんなことをする男じゃないよ」

「万引き、置き引き……違うなあ……のぞき……のぞきですよ、きっと。それも、つまらねえのぞきなんだ。塀に穴があいていて、なんだ、これはとのぞいたところが、百歳のおばあさんが行水《ぎょうずい》をしてたんです。げげっと驚いた拍子に、ばりばりっと塀が倒れたものだから、百歳のおばあさんは驚いたのなんのって、大騒ぎ。それで駆けつけた岡っ引きに追われているに違いありませんよ」

「そんなのかねえ。だったら、いいんだがなあ」

誤解みたいなもので、菓子折りの一箱も持っていけば許してもらえるだろう。

「ほかに何がありますかねえ。あ、あいつ、けっこう、食い意地が張ってましたからね。食い逃げってのもあるかもしれませんぜ」

「食い逃げ？」

「そう。うなぎ屋に入ってうな重をぱくついた。ところが、一つじゃ足りなかったりするんです。あっしもよくあるんですがね。それでつい、もう一つ頼んでしまう。ところが、いざ、金を払う段になったら、ちっとばかし金が足りない。ちょうどうなぎ一切れ分てとこですかね。それで、店のやつに、うなぎ一切れ分をまけてくれと頼んだが、これがけちな店でね、まけてなどくれやしない。しょうがない。それならってんで逃げたけれど、人相がばれてるから、ついに岡っ引きに追いつめられたってわけ」

「ううん。それが熊さんの話だというならわかるけどねえ」

「あ、そうですか。じゃあ、なんだろうな。賽銭《さいせん》泥棒ってのはどうです？」

「陣五郎は大店の手代だよ。お金には困っていないよ」

「密漁ってのはどうです？　大川も浅草あたりは釣りが禁じられてるから、魚はうじゃうじゃいるんです。あそこで釣ってるのを見つかったてえやつ」

「陣五郎に釣りの趣味はないよ」

「あ、下駄の履き替えってのは？　湯屋に行ったとき、自分のやつよりいい下駄を履いて帰って来るんです。間違えたふりをしてね」

「お前はよく、そういう小さな悪事を思いつくねえ」

「ええ、みんな、あっしがやったやつ」

「おい、駄目だよ、熊さん」

「冗談ですよ」

陣五郎の背中が見えたかと思えば、すぐに人混みにまぎれる。

ずっと影ばかり追いかけているような気がしてきた。

「あたしゃ、息が切れてきたよ」

「あっしも疲れてきました」

「おい、長崎屋のところまでもどって来ちまったよ」

「ほんとですね」

「もう駄目。これ以上は走れないよ」

大家と熊平は、知らず知らずのうちにここらを一周してきたらしく、長崎屋の前でとうとうへたり込んでしまった。

すると、陣五郎と岡っ引きも同じようなことになったらしく、反対側からこっちに向かって駆けて来たではないか。

「あ、陣五郎だよ、熊さん」

「ほんとだ」

「陣五郎。止まれ、逃げるのはおやめ。なにをしたのか知らないが、あたしが謝ってあげるよ。できるだけのことはしてあげるから、無駄なことはおやめ」

「陣五郎。大家の言うとおりだ。逃げるのはやめろ」

二人が抱きついたところに、後ろからやって来た岡っ引きも追いついた。

「なんだよ、いったい。あっしは追われることなんか、なにもしてないぜ」

陣五郎はひどく息を切らしながら言った。

「わかってるよ、そんなことは」

追いかけてきていた岡っ引きが言った。

「じゃあ、何なんですか？　あんた、昨日も一昨日《おととい》もあたしをつけまわしていたじゃないですか？」

「おいらは深川で十手を預かっている鮫次《さめじ》てえもんだが、知り合いの室町の南海屋さんから、おめえの素行《そこう》を見張ってくれって頼まれたのさ」

「室町の南海屋って、あたしの勤めているところですよ」

「そうよ。そこの三番目の娘がおめえに惚《ほ》れて」

「え、おつたさんが？」

「旦那も、じゃあいっしょにさせてもいいかと、おめえの素行を調べてくれと頼まれたんだよ」

それを聞いていた大家も、

「じゃあ、今日、会うことになっていたのは、親分さんですか？」

「ああ、大家さんかい。いままでの話を照らし合わせ、陣五郎の気持ちも聞いたうえで、旦那に返事しようって段取りだったのさ」

「そうでしたか。親分さん。この陣五郎には、大家のあたしも太鼓判を押しますよ。江戸っ子気質《かたぎ》のいい若者です」

「おう、親分、それは友だちのあっしも保証するぜ」

熊平も言った。

「江戸っ子気質かい。そいつはいいね」

鮫次は嬉しそうにうなずいた。

これには陣五郎も感激した声で言った。

「あたしも嬉しい。じつは、おつたさんのことはずっと大好きだったんですよ。夢がかなったみたいなもんだ」

するると、このやりとりを長崎屋の窓辺で聞いていたペトロが、

「まさにことわざそっくりですね。江戸の仇を……じゃなくて、江戸っ子気質は長崎屋でかなった」

第十席　ちゃらけ寿司

一

粋《いき》な町並みで知られる人形町の玄冶店《げんやだな》——。

ここにできたばかりの小さな店ののれんが分けられた。

「おい、ここは寿司屋だよな？」

入って来た客が、外と中を見比べるようにしながら訊《き》いた。

「ええ。三日前に開けたばかりですが」

と、まだ三十前と思われる若いあるじがうなずいた。

「あんまり表の提灯《ちょうちん》が派手なので、屋形《やかた》船でも打ち上げられてるのかと思ったぜ。

提灯は一つでいいんじゃねえか」

「いや、あっしはなんでもぱーっとやるのが好きでしてね。どうせ掲げるなら、二十張《はり》三十張くらい並べちまおうってわけで」

「なるほどな。まあ、店それぞれ、いろんなやり方があって当然だ。おれは魚河岸《うおがし》で仲卸《なかおろし》をやっている銀次郎《ぎんじろう》ってもんだがね、人呼んで寿司馬鹿銀次郎」

胸を張って言った。

「寿司馬鹿？　ぷっ。寿司食い過ぎて馬鹿になったとか？」

「失礼なやつだな。寿司に目がねえってことだよ。江戸中の寿司屋を回っては、番付をつくったり、本を書いたりしてるんだ。悪いが、この店も取り上げさせてもらうかもしれねえぜ」

「こんな店をですか？　そりゃまあ、やめろとは言えねえんでしょうが、やめたほうがいいと思いますぜ」

「なんでだい。皆、おれに取り上げてもらいたくて、来てくれ、来てくれってうるさいくらいだぜ」

「じゃあ、そういう店に行ってくださいよ。あっしのところは別にいいですよ」

若いあるじは、ほんとに困ったような顔で、手を払うようにした。

寿司の世界では知る人ぞ知る銀次郎である。こんなふうにすげなくされたのは、この数年振り返っても覚えがない。銀次郎は急に、自分がいままでしてきたことを否定されたみたいに感じ、自信を無くしそうになった。

「そう言われると、おれはかえって食いたくなるんだよ。ゆすりたかりの類《たぐ》いではないし、金もちゃんと払うぜ。それでも食べさせないってか？」

「いや、別に食うなとは言いませんよ。ただ、変に期待されるのもなあと思って。なんせ軽い気持ちで寿司屋やってますんでね」

「はあ？」

銀次郎は拍子抜けする思いである。

「何から握ります？」

「うん。まずは、おまかせで適当に始めてもらおうか」

「おまかせ？　そんなこと言われたら、たこばっかりずらっと十かんほど並べちまいますぜ。考えなくて楽だから」

「そりゃ困るよ」

「こっちも困ってしまいますよ。八百屋が大根とネギとにんじんを適当に選んで押しつけますか？　おでん屋が勝手にちくわとコンニャクとはんぺんを小皿に盛りますか？　食べたいものを頼んでもらわないと」

「そう言われてみると、寿司屋ってのは変わった商売してるのかね。じゃあ、まぐろから始めてもらおうか」

「はい、赤ですね」

「赤？」

「そう。うちは、魚を色で区別してるんですよ」

「なんだ、そりゃ？」

「ほら、壁に品書きが貼ってあるでしょ」

「え？　色紙《いろがみ》が貼ってあるだけじゃねえか」

「やだな、この人は。これが品書きなんでさあ。いいですか、赤がまぐろ、白がいか、青がさば、黄色はうに、紫はたこ、それで緑が小松菜。これだとつくるほうも頼むほうも間違わねえでしょ」

「間違わねえよ、ふつう。しかも、緑は小松菜ってなんだよ？」

「緑の魚も探したけど、なかったんでね。でも、小松菜の寿司もおつですぜ。さっぱりして」

「ああ、そう。でも、その六種類だけかい？」

ずいぶんネタの少ない寿司屋である。

これはひさびさに、ぼろくそにけなすことのできる寿司屋にめぐり会ったかもしれないと、銀次郎は嬉《うれ》しくなった。ほめてばかりというのも、どうも面白くないのだ。

「六種類？　冗談言っちゃいけませんよ。たった六種類しかなかったら、寿司屋とは言えねえでしょ。それぞれ大中小とあるんです。大は、ネタがかまぼこの板くらいと思ってください。中はふつう食べてるのと同じくらい。小になるとシャリの中にもぐって、わからなくなっています。ときどき、いくら探してもなかったというのはネタの入れ忘れ」

「そんなことする意味があるのかい」

「もちろんです。大と小を食べ比べてください。まったく違いますから」

「そりゃそうだろうが」

「これに、それぞれオスとメスがあります」

「オスメスが違うのか？」

「違うに決まってるじゃないですか。旦那、人間も男と女のここらへんを嚙《か》んでみてくださいよ」

と、胸のあたりを撫《な》でまわし、

「嚙みごたえから、味から、まるで違うでしょ。これを区別してない寿司屋なんか、あっしに言わせたら、魚売ってる飲み屋」

「へえ。面白い寿司屋だねえ」

「でも、卵をはらんでいたりすればわかりますが、正直、オスメスの区別は難しいです。人間だって、女みたいになよっとした男もいれば、男みたいにムキムキッとした女もいるでしょ。それといっしょですよ。オスメスの違いには、悔しいけれど間違いもあると思っていてください」

「そりゃ、しょうがねえよ」

「だから、頼むときは、赤の中のオスと、こういう具合に頼んでくださいよ」

「わかったよ。じゃあ、とりあえず赤の中のオスと、白の中のメスをいってみようかな」

「承知しました」

と言い、あるじはしゃりを手にすると、ひょいっと宙に放《ほう》った。

「えっ」

銀次郎は驚いた。シャリが宙を飛んだのである。

これが手にもどる前に、もう一つの固まりも宙に。

「はい。しゃしゃりこしゃん。しゃしゃりこしゃん」

妙な掛け声まで入る。

二つのしゃりの固まりをまるでお手玉みたいに交互にまわすと、最後にわさびとまぐろをさっとかぶせるようにして、

「へい、お待ち」

まぐろといかの寿司が並んだ。

「驚いたねえ。まるでお手玉じゃねえか。しかも、寿司のかたちになってるよ」

まぐろから口にしてみる。

絶品というほどではないが、いちおうしっかりした仕事はしている。

「うん。うまいね。シャリの握り具合もちょうどだ。だが、そんな曲芸みたいな握り

の技は、どこの親方から学んだんだい？」

江戸のほとんどの寿司屋を回ったつもりだが、こんな寿司の握り方をするところは知らない。まだまだ勉強不足なのかと、銀次郎は自信を無くしそうになった。

「学んだ？　誰からも学んでなんぞいません。あたしが、編み出した握りの技ですよ」

「でも、寿司屋になるに当たっては、修業したんだろ？」

「修業？　坊主や剣術使いじゃあるまいし、修業なんかしませんよ」

若いあるじは鼻で笑った。

「じゃあ、いきなり店、出したのかい？」

「ええ、いきなり。油揚げでつくるのは稲荷《いなり》寿司。あっしは素人《しろうと》のいきなり寿司。まいったな、こりゃ」

「まいるのはこっちだよ」

寿司屋は職人の世界でも、修業が厳しいことではかなり上位に来るはずである。なにせ、職人たちが気風《きっぷ》を自慢にするから、教えるのも荒っぽいことこの上ない。だからこそ、職人たちもそれに耐え、腕を上げていくのだ。

「あっしは何だってそう。あ、なりたいなと思ったらなるの。だいたい、あっしは嫌なことはやらないから。嫌なことすると身体に悪いからね。あ、なんか寿司屋やりてえなって思ったんですよ。そしたら、三日ぐらい寿司屋に通うんです。そいでじぃーっと寿司屋のやることを見るんです。そりゃ、寿司屋は気味悪がりますよ。でも、そんなことは知ったこっちゃない。じぃーっとね。だいたい、わかります。三日、じぃーっと見たら、たいがいのことはね」

「そんなもんかね」

「そりゃ、一流は無理ですよ。一流目指したら十年や二十年はかかるんでしょ。あっしははなっから一流なんか目指さねえもの。いいとこ三流から三流半。だいたい寿司なんてえのは三流から三流半がうまいの」

「そんなことはねえだろう」

銀次郎はむっとして言った。寿司屋が自分から三流のほうがうまいなどと言っていいものだろうか。

「はい、旦那。白、食べてみて」

「あれ、うまいね」

いかそのものに、すっきりした噛み心地と旨味《うまみ》がある。これではけなしようがない。

「うまいでしょ。だって、スルメにさせられそうになってたやつを、わざわざ外してやって仕入れてきたんだもの。イカの感謝の気持ちがにじみ出てるはずですよ」

「なんだよ、スルメ寸前のイカかよ。活《い》きはよくねえな」

「活き？　そんなもの、最初から求めていませんから」

「まじかよ。活きのよさを放棄したら、寿司屋になにが残るんだよ」

「やだなあ、旦那は。求めるところが違ってますよ。旦那は一流の寿司屋に入りたいんでしょ。でもね、旦那。一流の寿司屋はね、一流の客を期待するんですぜ。着物から懐具合までちらっと見て値踏みするんですよ。食い方だって、上手に食わないといけませんぜ。しょう油なんかちょこっとしかつけちゃいけねえ。それでぽいっと口に放り込むんですよ。もうね、客のほうも隙を見せられませんよ」

「まあな」

自分が一流かと言ったら、それほど自信はない。

「その点、三流でいいと思ったら客も楽でしょ。がーっとあぐらかいて、なんだったらふんどし外して、首に巻いてくれたってかまいませんぜ」

「巻かねえよ、そんなもの」

「しょう油だって、べったりつけてかまわねえんだ。もうね、しょう油で寿司、びしゃびしゃ。もうちょっとつけてたら、寿司、溺《おぼ》れますってくらい。これをべちゃさせながら食う。そのうまいこと」

「ま、気楽は気楽だわな」

「でしょ。もっといいのは、こっちにどんぶり飯、用意しといて、しょう油でべしゃべしゃになった寿司をおかずに、飯をがぁーっとかっこむ。そのうまいこと」

「…………」

どうやら寿司屋の誇りなどというのは、まるっきり持っていないらしい。

二

「寿司屋を開く前は何してたんだい？」

「占い師をやってました。といっても適当ですけどね。占いは口から出まかせ。でも、流行《はや》ってましたぜ。占い師が流行るコツってのはかんたんですよ。いいことだけ言うんです。客はもう喜んじゃってね。人間てえのはいいことだったら何だって信じちゃいますからね。八十の婆さんに、近々いい男が見つかりますよなんて言おうものなら、踊りおどって喜びますから」

「占い師の前は？」

「医者をやってました。まあ、何が適当って、医者くらい適当な商売はなかったですね。薬は葛根湯《かっこんとう》の一本槍《やり》。熱があっても葛根湯、溺れて冷たくなっていても葛根湯。怪我《けが》にも葛根湯を塗りつけてましたから。また効くんだな、葛根湯てえのは」

「効かねえって」

「あ、それから医者の前には唄うたってたことも」

「唄？」

「ほら、芝居のわきで長唄うたったりするでしょ。あっしのは長唄じゃなくて、適当な鼻唄でしたけどね」

「おめえはみんな、適当だな」

厭味《いやみ》たっぷりに言ってやった。

「そりゃあ世の中、適当がいちばんですから」

「…………」

まるで気にしたようすはない。銀次郎は呆《あき》れて声も出ない。

だが、こういう若いあるじには説教するのも客の責任だろうと思い直した。

「だが、この前入った小網町の寿司屋のおやじは、とにかく苦労人でな。そのかわり、一つ一つの仕事は、どれも筋金入りのいい仕事だったぜ」

「苦労すると、寿司がうまくなりますか？」

「そりゃあ、身につく技量が違うだろうよ」

「ああ、旦那、そりゃあ、違います。苦労なんかすると、かえって寿司はまずくなりますよ。そういう職人はしかつめらしい顔になってくるでしょ。寿司は楽しく食べてこそうまいっていう大事な雰囲気が無くなりますから」

「ふぅん。おめえは、寿司に塩は使わねえのかい？」

と、銀次郎は苦労寿司のおやじを思い出して言った。あの塩の技も、おやじの苦労があってこそ完成されたものだろう。

「あ、塩ね」

ここの若いあるじは鼻で笑った。

「しょう油よりも素材の味を引き立たせたりするんだぜ」

「素材がよければね。でも、あっしのところはほら、素材からして三流、四流だから。塩は使わないかわりに、味噌はよく使いますけどね」

「味噌？　寿司に味噌？」

「あれ、いけますよ。うちだと、黄色がいちばんうまいかな」

「黄色ってえと、うにだな。じゃあ、黄色を中のオスで」

「へい、どうぞ」

銀次郎は恐る恐る口に入れた。

「あれ、うまいね」

たしかにうにと味噌が合わなくはない。そういえば、うにの味噌汁はかなりおいしい。

「うまいでしょ。馬鹿にしたもんじゃないんですよ。通《つう》はこうじゃなきゃならねえなんて、面倒くせえこと言いますが、じゃあ、やってみたのかってえの。やったことなくて言ってるだけ。あっしは、いろいろ試しますからね。遊び半分で。わさびのかわりに唐辛子はどうかとか、たこは砂糖にまぶしてもうまいんじゃないかとか」

「砂糖？　うまいのか？」

「好き好きでしょ。子どもは砂糖のほうがうまいかも」

このあるじは、寿司が子どもの食いものに堕《だ》しても平気らしい。

ふだんであれば、こんなときは、絶対に握った寿司をあるじに投げつけて帰ってしまうはずである。だが、この夜の銀次郎は不思議と機嫌がよく、もうすこしこのあるじと話をしてみたかった。

「軽いね、おめえは」

「軽いですか？　わかります、やっぱり？」

「やっぱりってなんだよ？」

「あっしは軽いのなんのって、永代橋とか渡るときは、カゴに漬けもの石を入れて渡るんです。川風で飛ばされないようにね。なんせ、人間が軽いから」

「おめえにとって、人間が軽いってのはいいことみてえだな」

「重いよりずっとましでしょうよ。あーあ、なんか飽きてきたな。寿司も四つ五つ握ると飽きてきちゃうんですよね」

「飽きるだと？」

「そりゃ飽きますって。シャリ握って、切った魚を上に乗せるだけだもの。旦那、何だったら、こっち来て、自分でつくってくれて構いませんぜ。自分で魚下ろして、自分で寿司握って、お金払って帰ってくれたら、あっしはすることなくて、楽なのなんのって」

「誇りはないのかよ?」

「誇り? あ、旦那、あっしに誇りを求めるの? どうぞ、帰ってください。あっしは何が嫌だって、誇りと人情を押しつけられるくらい嫌なものはないんで」

「人情もかよ」

銀次郎は情けなくなってきた。寿司馬鹿銀次郎ともあろう者が、こんなやつの握った寿司を食っていてよいものだろうか。

三

「あれ?」

銀次郎はふいに耳を澄ませた。

「どうしました？」

「なんか鳴き声が聞こえるぜ。きゅんきゅんきゅーんて」

「あ、腹減ってんだな。旦那、ちっとだけ餌やってきていいですか？」

「かまわねえよ……仔犬かい？」

奥でごそごそやっているあるじに、銀次郎は縁台に座ったまま声をかけた。

「ええ。捨て犬みたいだったのでね。どうもあっしは、捨てられたものに弱いみたいで、つき合う女も捨てられた女ばっかり」

「そら、また、なんとも感想の言いにくい話だな」

「あげくはあっしが捨てられてね」

「御愁傷さま」

「すみません、お待たせして」

あるじは裏からもどって来た。仔犬は餌をもらって満足したらしく、鳴きやんでいる。

「次は青の大のオスと緑の中のメスでいってみようかな」

「おっ、あっしの得意なところを大で攻めてきましたね」

くるくるっと宙でシャリを二つ分、握ると、

「へい、お待ち」

いわゆるしめさばの寿司ができた。

銀次郎はこれを嚙みしめるように口にして、

「うまいよ。おめえ、ちゃらけたように見せてるけど、ほんとはやるねえ」

「そうですかぁ？」

「この脂がのったさばを酢でしめすぎてないだろ。真ん中は生といっていいくらいだ。この加減は只者《ただもの》じゃないよ」

「あれ、真ん中は生でした？　まいったなあ。みっちりしめたつもりだったんだけど」

「よう、あるじ」

「なんですかい？」

「おめえ、軽い人間みたいに見せてるけど、ほんとは重い人間なんじゃねえのか？」

「え、旦那、なにおっしゃるんですか。あっしが重いだって。あは、あは、あは、馬鹿言ってんじゃありませんよ」

「だったら、そっちの部屋に見えていた仏像と神像はなんだい？　また、ずいぶん並んでいたじゃねえか」

銀次郎は見たのである。

棚いっぱいに並んだそれらは、骨董《こっとう》品としては傷があったりして価値も低いのだろうが、大事に拝んでいるというのがわかる置かれ方だった。

「あちゃ、見られちゃいましたか」

「ちっと開けてみなよ」

と後ろの戸を開けさせ、

「あれ、あそこの神さまって恵比寿さまだよな。魚の神さまだろ。あ、そっちは魚籃《ぎょらん》観音《かんのん》だよ。なんのかんの言って、ちゃんと魚のこと、拝んでるんじゃないの？」

「いや、その」

「あっ、そっちの神さま。包丁を置いてある掛け軸。天目一箇神《あまのまひとつのかみ》じゃないの。刃物の神さままで拝んでるのかい」

「なあにね、あっしはただ、拝むのが趣味なんですよ。軽い気持ちで拝んでいるだけ。努力しない分、神さまの力、借りようかなって思ってるだけ」

そう言いながら、あるじは落ち着かなく手を動かしている。

「おめえ、何、まぐろを千切りにしてるんだよ。動揺してんじゃねえのか？」

「え、ああ、なあに、まぐろを千切りにして、大根のツマにしようと思って」

「逆だよ、それじゃ」

と、銀次郎は微笑《ほほえ》み、さらに奥のほうを見て、

「あっちの仏さまなんか、顔に晒《さらし》を巻いてるじゃねえか」

「あ、あれね」

「あっ、そうか。なかなか願いが叶わねえから、怒って仏さまに切りつけたりしたんだ。それで後悔して、あんなふうに傷の手当てして」

「罰当《ばちあ》たりなことをしてしまいました。人間が軽いから未熟なところも多々ありまして」

あるじはそう言って、うつむいてしまった。

「そうだよな。人間そんなにへらへらと、ちゃらけて生きて来られるわけがねえ。どこかで辛《つら》い思いを嚙みしめてるにちげえねえ。どうだい？」

「そんなことは有馬仙蔵《ありませんぞう》。あ、うっかり本名を言っちまった」

あるじは慌てて口を押さえた。

「へえ、おめえ、有馬仙蔵ってえのかい。なんだか武士の名前みてえだな」

「そんなことはないでござる」

「あ、急に武士の言葉になった」

「いや、その、みどもは、いや、あっしはいまじゃ、れっきとした町人ですから」

「ははあ」

と、銀次郎はにやりと笑って言った。

「おめえ、わけありだな」

四

「おめえ、もしかして、仇《かたき》がいるのか?」

銀次郎は、あるじこと有馬仙蔵を指差して言った。

「うわっ。旦那、鋭すぎ」

有馬仙蔵は袈裟《けさ》懸《が》けに斬られたみたいに、悶絶《もんぜつ》するようなしぐさをした。

「そうでもねえよ。武士が町人のふりしてるってえのは、仇討ちと相場が決まってるのさ」

「そうなんですか」

「男が女のふりしてたら、おかまと相場が決まってるだろ。それといっしょ」

「まいったな。ばれちゃったよ」

「そうか。こうやって、客商売をしながら、仇が客でやって来るのを待ってるんだな。なんだか、いい話だなあ」

銀次郎がそう言うと、あるじこと有馬仙蔵は、

「旦那。仇が客でやって来るのを待っていた日にゃ、あっしは百回くらい生まれ変わらなければならねえ。ネタで来るのを待っているんでさあ」

と、鼻で笑った。

「ネタでって、どういうことだい？」

「ええ、こうなったら語りましょう。じつは、あっしのおやじは、その日、勤めをすっぽかして、海で釣りをしていたんですよ」

有馬仙蔵は遠い目をして言った。

「すっぽかしかい」

「といって、おやじはあっしみたいにちゃらけた男ではなかったんですぜ」

「でも、働き者ではなかったんだろ？」

「それには深いわけがありましてね」

「どんなわけ？」

ついつい興味をひかれてしまう。

「じつは、女でしくじって上司にほされましてね」

「そんなことでほしたりするかね」

「あろうことか、上司の母親にちょっかい出したんですよ」

「母親？」

いったい幾つの女に手を出したのか。

「そう。家の前を歩いていたのを、わきから棒を突き出して転ばせたんで。これを見ていた上司の怒ること」

「そりゃ、おめえ、ちょっかいじゃなくて、ただ棒を出したんだろうが。女でしくじったとかは言わねえよ」

「あ、そうですか。自分でもそう言ってましたがね」

「どういうおやじだよ」

「それで沖に出て釣りをしながら鼻唄をうたっていたんです。また、おやじの鼻唄ってのが下手でね。いきなり殺気を感じたんだそうです」

「沖合いでかい？」

「ええ。人もほとんどいない沖合いです」

「まさか、忍者に狙われていたとかいうんじゃないだろうね」

「違いますよ。うちのおやじはほされていたくらいですよ。どこの忍者が狙いますか？」

「あ、そうか」

「いきなりですよ。海中からそいつが飛び出したのは。鼻の先が槍みたいになった魚をご存じですか？」

「知ってるさ。かじきだろう」

「よほど、唄が嫌いだったらしく、そいつは鼻先の槍をぶすっとおやじの腹に」

「唄が嫌いだったってわけじゃないんだろうけど、それ、あるんだよ。かじきに漁師が大怪我をさせられるのは」

「怪我だけじゃすみませんでした。なんせ、先が背中に出ちゃったくらいですから」

「うわぁ、そりゃ駄目だ」

「だが、さすがに北辰一刀流《ほくしんいっとう》の麒麟児《きりんじ》と言われたおやじだけあって……」

「棒で年寄りを転ばせてるのが？」

「それは余技というもので」

「余技って言わねえよ、それは」

「ともかく、腕の立つおやじだったので、最後の力を振り絞り、刀を抜くとそやつの眉間《みけん》にえいっと斬りつけた」

「凄いね」

「そやつも力を振り絞り、身を震わせておやじの身体を放り投げるようにすると、にたりと笑って、ふたたび海の中へと消えて行ったのです」

「そうだったのか」

「近くにいた漁師が助けに駆けつけましたが、おやじはあえなく力尽きました。いったい、おやじはあいつに何をしたというのでしょう。釣りはぼら狙いでしたし、ただ下手な鼻唄を聞かせたってだけじゃねえですか。ひでえやつでした」

「じゃあ、おめえの仇というのは……」

「はい。かじき、まぐろのすけ」

あるじがそう言ったときだった。

「ごめんよ」

と、表に客が立った。

「はい」

「河岸《かし》の者だがね。あ、なんだな。銀次郎さん、いたのかい？」

「よう」

顔なじみの漁師で、大物釣りの名人としても知られている。その漁師が、有馬仙蔵に向かって、

「ほれ、あんたに頼まれてたやつが見つかったので持って来たのさ」

と、自慢げに言った。

「え、まさか」

有馬仙蔵の顔が輝いた。

「眉間に刀傷のあるかじきだよ。もう、さばいちまったから、かぶとだけ持って来たぜ。じゃあ、忙しいんで。あばよ」

大物釣りの漁師は去り、有馬仙蔵は店頭に置かれたかじきのかぶとの前にしゃがみ込んだ。

「ねえ、旦那。眉間の傷は、どう見ても刀の古傷ですよね」

「ああ、包丁なんかじゃねえな」

「ということは、これこそ、夢にまで見たかじきまぐろのすけ。行方《ゆくえ》を占うために占い師となり、傷を治しに誰か連れて来るのではないかと医者になり、唄が嫌いというのを手がかりに唄い手にまでなろうとしたが、やはり寿司屋になったのは正解でした。おのれ、父の仇！」

有馬仙蔵はかじきの頭に何度か斬りつけると、

「旦那、おやじの供養にこいつを食いたいと思います。ぜひ、付き合ってくださいよ」

「もちろんだ」

「じゃあ、頬肉《ほほにく》を刺身に、目玉はとろとろに煮つけて、この二つで寿司を握りますぜ」

こうしてできた寿司を、銀次郎はお相伴《しょうばん》にあずかったのである。

「うまいッ。いやあ、おれもいろんな寿司を食ったけど、目玉の寿司は初めてだ。いいもの、食わせてもらったよ」

銀次郎は、ここは意外な掘り出し物だったと、つけている寿司日記で、ひそかに最高の星三つを献上したのである。

しかし、このちゃらけた寿司屋、次に銀次郎が顔を出したときは、とうにつぶれて、別のあるじが営む豆腐屋になっていたのだった。

この作品は２０１２年１月朝日新聞出版より刊行されました。

徳間文庫

大江戸落語百景

痩《や》せ神《がみ》さま

2018年7月15日　初刷

著者　風《かぜ》野《の》真《ま》知《ち》雄《お》

発行者　平野健一

東京都品川区上大崎三-一-一
目黒セントラルスクエア　〒141-8202

発行所　株式会社徳間書店

電話　編集〇三(五四〇三)四三四九
販売〇四八(四五一)五九六〇

振替　〇〇一四〇-〇-四四三九二

印刷　凸版印刷株式会社

製本　株式会社宮本製本所

ISBN978-4-19-894368-4　(乱丁、落丁本はお取りかえいたします)